唐律清麗集

[清] 徐曰璉 沈士駿 輯

拾瑶叢書

文物出版社

圖書在版編目（CIP）數據

唐律清麗集 / (清) 徐曰璉, (清) 沈士駿輯. -- 北京 : 文物出版社, 2020.1
（拾瑶叢書 / 鄧占平主編）
ISBN 978-7-5010-6363-5

Ⅰ. ①唐… Ⅱ. ①徐… ②沈… Ⅲ. ①唐詩 - 詩集 Ⅳ. ①I222.742

中國版本圖書館CIP數據核字(2019)第238866號

唐律清麗集　〔清〕徐曰璉　〔清〕沈士駿　輯

主　　編：鄧占平
策　　劃：尚論聰　楊麗麗
責任編輯：李縉雲　李子裔
責任印製：張道奇

出版發行：文物出版社有限公司
社　　址：北京市東直門内北小街2號樓
郵　　編：100007
網　　址：http://www.wenwu.com
郵　　箱：web@wenwu.com
經　　銷：新華書店
印　　刷：藝堂印刷（天津）有限公司
開　　本：710mm × 1000mm　1/16
印　　張：20
版　　次：2020年1月第1版
印　　次：2020年1月第1次印刷
書　　號：ISBN 978-7-5010-6363-5
定　　價：120.00圓

前言

《唐律清麗集》六卷，清徐曰璉、沈士駿輯。清乾隆二十二年（一七五七）吴郡徐氏刊本。半頁九行，行十九字，雙行小字同，白口，左右雙邊。

徐曰璉，字商徵，吴縣（今江蘇蘇州）人。沈士駿，字文聲，元和（今江蘇蘇州）人，均生活於清乾隆、嘉慶年間。

乾隆二十二年，鄉試殿試均不考經判，而改試五言八韵唐律。於是徐曰璉、沈士駿二人趕編了一部專收唐人五言長律的選集《唐律清麗集》，全稱《唐人五言長律清麗集》，凡六卷，收五言長律二百餘首，所選詩詳於初、盛唐，略於中、晚唐，收杜甫詩爲最多。全文以類編排分四門，卷一爲應制，卷二、三爲應試，卷四、五爲酬贈，卷六爲紀述，不收五韵、七韵之體，可謂供舉子應試詩作之範本。正文前有凡例、諸家論詩及『附論試體詩七則』；正文有箋注、評析、圈點。存總目，每卷第一行題作『唐人五言長律清麗集』，其後爲細目，清晰明了。書前有乾隆二十二年孟冬望日沈德潛（一六七三—一七六九）撰序一篇，曰『丁丑

（一七五七）春，皇上念科場論判雷同之弊，命改試五言八韵唐律。作人雅化，雲漢昭回，海宇喁喁講求聲韵之學。而長律專選，顧無善本，學者患之。徐中翰商徵族孫文聲，薈萃全唐詩，録其尤者，輯《清麗集》六卷，分應制、應試、酬贈、紀述四門，自六韵至百韵咸具，不獨資場屋揣摩，亦以備館閣用也』。述此集形成之因。

此爲清乾隆二十二年刻本，即書成當年所刻本，扉頁正中題『唐律清麗集』，右側題『吴縣徐商徵，元和沈文聲同輯，丁丑冬鐫』，左側題『是集專選唐五言長律備場屋館閣之用，評注詳悉，校訂無訛，翻刻必究』，天頭題『沈歸愚先生定』，沈歸愚，即撰序者沈德潛，爲徐曰璉、沈士駿同鄉及師，又爲後者同族祖父。全書版心標有題名簡稱『清麗集』、卷次、卷名及頁碼，卷六末題『吴郡許翼周鐫』，刻書者爲許氏，非徐氏也。正文除原有圈點外，亦有後人所做圈點，便於誦讀。該集爲至今僅見集中收録唐人五言長律之書，較有文獻價值，而所收諸家論詩及正文箋注、評析，爲今人研究提供豐富資料和便捷途徑。

中国國家圖書館　薩仁高娃

二〇一九年十月

沈歸愚先生定

吳縣徐商徵
元和沈文摹　同輯

唐律清麗集

是集專選唐五言長律備場屋館閣之用評注詳悉技訂無訛翻刻必究

丁丑冬鐫

序

國風楚騷漢魏樂府古詩詩之源也近體詩詩之流也近體中有長律又其分支衍派也爲體益變去古益遠然而格和以莊律嚴以細鼓吹休明覘考蘊蓄必資乎此有唐用以試士而一代公私永言之作鏗鏘炳蔚流傳至今可覆按也丁丑春

皇上念科場論判雷同之弊

命改試五言八韻唐律作人雅化雲漢昭回海宇喁喁講求聲韻之學而長律專選頗無善本學者患之徐中翰商徵揆孫文聲薈萃全唐詩録其尤者輯清麗集六卷分應制應試酬贈紀述四門自六韻至百韻咸具不獨資場屋揣摩亦以備館閣用也余

嘗論唐初長律王楊盧駱沈宋陳杜蘇許
曲江並皆佳妙少陵出而瑰奇宏麗變動
開闔後之作者無能為役自選家或祖元
白或推溫李鋪排為富儷偶為工而長律
正宗失矣是集詳初盛略中晚大篇多錄
少陵詩以示模則去取謹嚴有與余曩日
持論合者蓋兩生從余游久才美學贍力

追古人傑然為吳中之秀故淺見之卓如此又出其餘力箋注評點為初學先路明備而不煩密察而不鑿剔目洗眉骨節疏通視瀛奎律髓唐詩掞藻近光韶濩諸選遠突過之惜其從場屋館閣起見止論次長律一體也然學者由是集以漸窺風騷漢魏暨猶溯逆河而上底崑崙之墟星

宿之海沿流討源吾安見其自屋而返
哉
乾隆二十二年孟冬望日沈德潛書

御題
詩壇耆碩

沈德潛碻士

大宗伯印

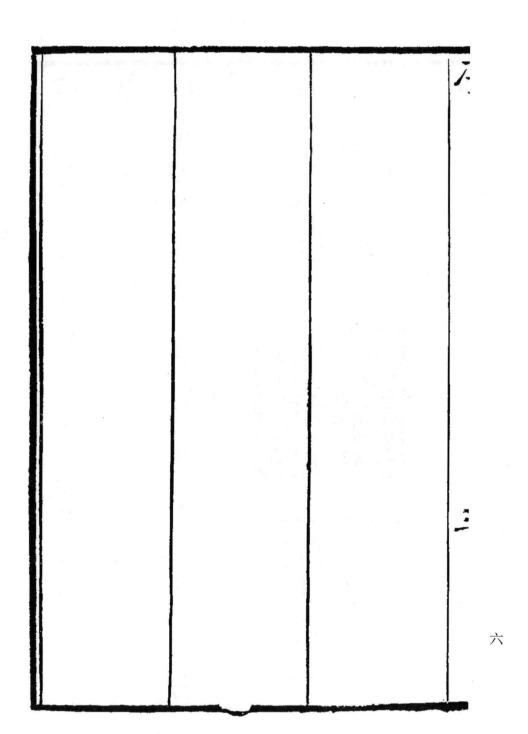

凡例

論次五言長律專録唐人者律體昉自有唐風會所

趨菁華極盛迺奉

功令鄉會次塲試五言八韻唐律一首標準明示故不雜

拉宋元以下致岐塗徑也始六韻迄百韻不專録八

韻者唐人八韻詩不多見程式未備且恐學者不窺

乎長律之體之全而沾沾惟八韻是求也分應制應

試酬贈紀述四門辨體裁也不專録試體試體詩非

唐人精詣取法乎上者所未安況體裁攸别而法脉

神理同條共貫為學者博其指趣猶前志也每門以韻數多寡類編為先後俾得彙求篇法也不收五韻七韻非正體也箋注評點字標四聲便初學也詩律全體未純摘聯句佳者類附詩後略倣風騷旨格例也甄綜全唐詩刪蕪掇英輯成斯編命曰清麗論詩以少陵為歸也

帝製無多錄冠應制取作歌賡颺之義明廷著作盛于神景開寶間純者備登集中中晚寥寥絕少佳構不多及

唐制帖試士曰試帖舉人揔括經文以應帖試曰帖括此指帖經墨義言昔人稱應試詩曰試帖殆未之考集于全唐詩文苑英華搜討已偏以此體為揣摹家所需採摭較富選從八韻止唐人無八韻外應試詩也應制詩有十四五韻者取其精不求其備故選從十二韻止

餞送贈答該以酬贈遊覽題詠紀事述懷該以紀述唱和之作不皆酬贈按詩義所指分隸綱羅短什兼載大篇長律之體于是焉備亦因唐人此兩門詩近

多摘句命題故特廣為著錄用資淹雅
昔嚴滄浪之論詩也曰羚羊掛角無跡可求元裕之之論杜詩也曰當如九方皐相馬得天機于滅沒存亡之間是固然矣孟子不云乎知其人論其世以意逆志是謂得之讀古人書而漫以不解解之為高恐亦非前人論詩意也是集字求訓詁句求歸宿篇求法度期于析疑疏滯見笑大方有不暇恤
注以徵典祗詳初見後出則闕見五經者不詳引評以釋義有未盡者間附注中評載行間注載書額取

便觀覽
是集卷帙無多而搜考羣書不下數千卷復得前輩
長洲顧丈禄百（詒禄）同學長洲褚子左莪（廷璋）吴縣
劉子企三（潢）商榷討論始克成編顧惟學識短淺匆
遽從事其裁擇之舛評注之踈尚冀
博雅君子教以不逮幸甚

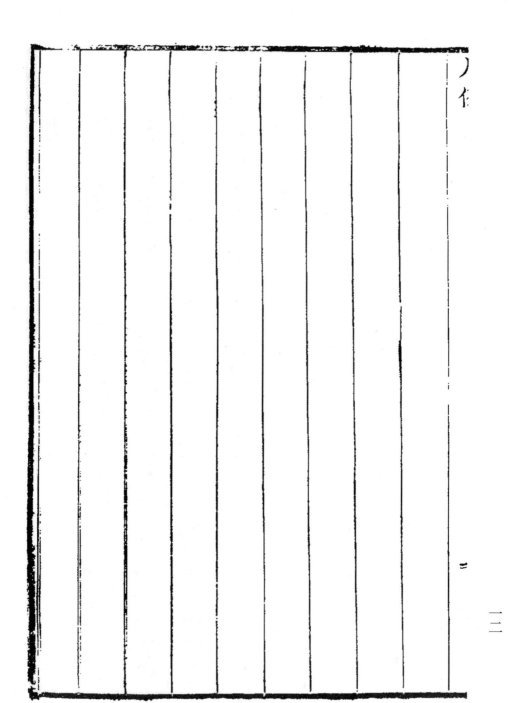

諸家論詩

高廷禮曰。排律之作。其源自顔謝諸人古詩之變。首尾排句。聯對精密。梁陳以還。儷句尤切。唐興始專此體。與古詩差別。貞觀初。作者猶未備。永徽以下。王楊盧駱倡之於前。陳杜沈宋繼之于後。蘇頲二張又從而申之。其文辭之美。篇什之盛。蓋由四海宴安。萬幾多暇。君臣游豫。賡歌而得之者。故其文體精麗。風容色澤。以詞氣相高而止矣。開元後。作者之盛。較律之備。獨王右丞李翰林。諸家皆不及。而少陵尤得其兼善。

虞山馮氏曰。排律排字。始於唐詩品彙。其名最足貽悞後學。古人雖有排比聲律之語。何曾直稱之爲排律。

胡氏應麟曰。陰鏗安樂宮詩十句。氣象莊嚴。格調鴻整。平頭上尾。八病咸除。切響浮聲。五音並協。實百代近體之祖。考之陳後主張正見庾信江總輩。雖五言八句。時合唐規。皆出此後。則近體之有陰生。猶五言之始蘇李矣。以上論源流

益王漢南曰。五言排律。與五言律詩。其句法雖同。篇法實異。

又曰排律之要有四一貴鋪敘得體先後不亂二貴隊仗整肅情景分明三貴過度明白不令人沉思回顧四貴氣象寬大從容不廹斯為得體

唐詩平曰唐考試多五言排律此體尤其所加意也今觀諸作鋪敘次第絕不凌越絕不犯複而且虛實相間無癡肥板重之形則知專鍊字句不顧章法者非唐人意矣

潘氏大臨曰作長詩須有次第本末方成文字譬如做客見主人須先入大門見主人升階就坐說話乃退今人

作文字都無本末次第緣不知此理也

宋潛溪曰詩為韻所縛作者須以題意為主韻為客使題意與韻若出天成不作牽合補塞態方是作手

楊東里曰詩之氣勢最忌斷續如頷聯與起聯不接腹聯與頷聯不接是也須一氣呵成貫珠而下不露痕迹方妙

汪東湳論五言六韻作法曰首聯名破題兩句對仗要工或直賦題事或借端引起若借端則次聯即宜亟轉到題矣不然出題太緩恐使人不知為何題也然兩句亦

有參差而起不盡對者。次聯名承題。又名頷比。破題未盡之意補出。蓋全題字眼。至此則全現矣。三聯名頸比。如身之有頸也。即所謂轉處也。破承分舉。此用合擒。分舉者。如長安早春。一句寫長安。一句寫早春。或破題寫長安。承題寫早春是也。合擒者。長安早春四字。皆入一句中串寫是也。不但思意借此變換。抑且句法不至重複。此處最是要緊。此處轉筆一靈。通篇活動矣。四聯名腹比。即八股之中比也。或寫情。或寫景。或發揮事實。或援引古人。總要切實明白。淋漓盡致而止。五聯名後比。或補足中比之意。或襯墊餘剩之情。以完一篇局勢。至於結尾。

所謂合也或勒住本題或放開一步要言有盡而意無窮不促不泛其法盡是矣以上論作法

附論試體詩七則

八韻作法。前人未有明言之者。虞山馮氏曰。律詩兩句一聯。四句一截。自四韻以至百韻。亦止如此。竊以此指推之。首兩聯。渾冒全題。點清字面。與六韻同。三聯四聯。正寫題面。五聯六聯。或補寫題面。或闡發題意。或旁襯。或開合。末後一截。或就題中收住。或從題外推開。或映切本題。以寓懷抱。以申頌揚。此兩聯尤須一氣銜接。貿之近日玉堂館課。丁丑春闈。無弗印合。若神明變化。出奇無窮。固不拘此板法。

詩中宜有擡頭字面或高一格或高二格應依表文之例

應試之作以穩愜為第一義彼失粘失韻悞解題旨字犯不祥言涉違礙有一于此固在必斥或意寓干請則卑過存身分則亢使事奧僻則晦著語綺旎則佻此類皆謂之不穩能于穩愜中復精警出色斯真萬選錢耳

律句不可入古詩而古句入律彌見其健唐人詩往往如此然在場屋中寧諧聲協律勿用拗句除首聯

末聯外，中六聯寧對仗工整，勿用散句。

沈約所標律詩八病，其蜂腰鶴膝，大韻小韻，正紐旁紐，但使句不失粘，六者尚非所重，惟平頭上尾，不可不知。二病所指甚廣，今舉其易犯者，平頭謂上聯首二字或並實並虛，或一虛一實，而下聯首二字亦然，雖下三字變換，已犯平頭也。若四句下二字虛實相同，即為上尾。又四句中兩出句末字同上聲，或同去入聲，亦上尾也。又如上聯韻押東字，下聯即宜押同中崇等字，若再押凍蝀，亦上尾也。又兩聯每句之第三字同用虛字或同用實字。亦在禁例。要而言之。貴于句法變化而已。

韻書流傳甚多。應試總歸畫一。唐初則陸法言切韻。天寶後有孫愐唐韻。在宋則國子監刊行禮部韻略。皆士子赴科舉者所用也。今惟佩文詩韻係

欽定頒行。薄海遵守。此外一切韻本。互有異同。概不可用。

字音平仄。今人悞用甚多。（如揆字綜字作平聲用之類）而不害其文之工。以時文闡發義理。不尚音節也。若施之詩律。即屬失粘。又字有兩韻兼收。而音義逈别者。（如一東之釭古

紅切車轂中鐵也三江之釭古雙切燈也此類不勝舉場中韻書無注釋設或

悮押更於義不通凡此並須平時究心

唐人五言長律清麗集總目

帝諱隆基睿宗第三子封臨淄郡王立為皇太子即位建元開元改元天寶在位四十四年廟號元宗
撰相州臨漳人開元時集賢殿學士
三思則天兄子位至司空以罪誅
之問字延清虢州弘農人景龍中為考功員外郎修文館學士

唐人五言長律清麗集卷一目録

應制

六韻詩三十五首

佺期字雲卿相州内黄人神龍中歷太子少詹事

奉和幸三會寺應制

奉和幸大薦福寺

奉和薦福寺應制

宴安樂公主宅得空字

奉和晦日幸昆明池應制　沈佺期

仙蕚池亭應制

白蓮花亭侍宴應制

奉和聖製幸禮部尚書竇希玠宅

奉和聖製春晚宴兩相及禮官於麗正殿探

說字道濟，一字說之，洛陽人，開元時封燕國公，累官尚書左丞相，謚文正。

九齡字子壽，韶州曲江人，明皇時歷官尚書右丞相，封始興郡公，謚文獻。

述，京兆人，累官尚書工部侍郎。

琇，開元時人，爵里未詳。

維字摩詰，河東人，明皇時累官尚書右丞。

巨源字景山，河中人，以國子司業致仕。

王維

奉和聖製暮春送朝集使歸郡應制

奉和聖製與太子諸王三月三日龍池春禊

應制

三月三日曲江侍宴應制

春日奉獻聖壽無疆詞十首　楊巨源

八韻詩十四首

春中興慶宮酺宴　明皇帝

早登太行山中言志

嶠字巨山，趙州贊皇人，景龍中同中書門下三品。

左丞相說右丞相璟太子少傅乾曜同日上
官命宴東堂賜詩

千秋節宴

奉和天樞成宴夷夏群僚應制

李嶠

奉和幸韋嗣立山莊侍宴應制

宋之問

奉和聖製春中興慶宮酺宴應制

張說

頲字廷碩、京兆武功人、瓌之子、累官紫微侍郎、襲父爵、號小許公、

璟、邢州南和人、開元時歷尚書右丞相、封廣平郡公

昌齡、字少伯、京兆人、中宏詞科、以龍標尉終、

起、字仲文、吳興人、大歷閒終、尚書考功郎中、

奉和聖製登太行山中言志應制　蘇頲

奉和聖製璟與張說源乾曜同日上官命宴都堂賜詩應制　宋璟

奉和聖製南郊禮畢酺宴　張九齡

奉和聖製十五夜燃燈繼以酺宴應制　王維

夏月花萼樓酺宴應制　王昌齡

奉和聖製登朝元閣　錢起

曙字文明廣平人終虞部
郎中

御製雨後出城觀覽敕朝臣已下屬和
司空曙
十韻詩六首
送張說巡邊 明皇帝
奉和韋嗣立山莊應制 李嶠
奉和聖製暇日與兄弟同遊興慶宮作應制
張說
將赴朔方軍應制
奉和聖製送尚書燕國公赴朔方

張九齡

奉和聖製幸玉真公主山莊因題石壁十韻

之作應制　王維

十二韻一首

奉和聖製巡省途次上黨舊宮

蘇頲

撰擇也〔班昭賦〕撰良辰而將行〔漢書董仲舒傳〕遊於巖廊之上〔注〕巖峻之廊也。需雲見〔易需卦〕〔國

唐人五言長律清麗集卷一

吳縣徐曰璉商徵
元和沈士駿文聲　同輯

應制

明皇帝 以下六韻

同二相已下羣官樂遊園宴 二相謂張説宋璟〔漢書宣帝紀〕神爵三年春起樂遊苑在杜陵西地 點宴 襯 羣官

撰日巖廊暇需雲宴樂初萬方朝玉帛千品會簪 園之地 園之景

裾地入南山近城分北斗餘池塘垂柳密原野雜

語天子有千品萬官。南山即終南山。漢元帝紀帝初築長安城南為南斗形北為北斗形。周禮帝人張帷幕帟。文子凡聽之理虛心清淨。二句互文開合有外物蔽而明聰不清意。弼違見書益稷

西都賦衛以嚴更之署。注嚴更督行夜鼓也。周禮五御注一曰鳴和鑾。蕭慤詩約嶺俸飛旆。秦中即京師。地險見易坎卦天平猶言時清。漢書天

寫曉景無刻畫痕

花踈帟幕看逾暗歌鐘聽自虛。二句寫宴 輿闕歸驂轉還奏。以六句飭

弼違書。結頌題首

附張說三月二十日詔飲樂遊園詩第四五聯

魚戲芙蓉水鶯啼楊柳風春花香欲暮天澤戀無窮

○

早度蒲津關〔唐書地理志〕關一名蒲坂。開元十一年正月。上自東都北巡至潞州三月還京師作。

鐘鼓嚴更曙山河野望通鳴鑾下蒲坂飛旆入秦 早龍度關 拗句 二句寫度

中地險關逾壯天平鎮尚雄春來津樹合月落戍 二句蒲關 蒲關早景

樓空馬色分朝景雞聲逐曉風所希常道泰非復 度關早景 謂關

平地安。或解作賒名。非。出入若關吏，号繻。候之還以合符也。舊本用傳。傳，[illegible]。因裂繻頭為信。繻音需，帛邊。

洪範五行傳心之大星，天皇也。其前星，太子也。

候繻同。門無○聖

荊公選唐詩，以此篇壓卷。〔朱子語錄〕飛旆入秦中，何等飄逸，便有帝王氣燄，然陶公已有相似者。

所帝喜雪詩三四聯，委樹寒花發，縈空落絮輕。朝如玉已[illegible]，庭似月猶明。幸溫泉詩三四聯，[illegible]谷含神[illegible]，泉養聖功。蕊齡仙井合，愈疾醴源通。

盧　　僎

上幸皇太子新院應制　貞觀十七年，太宗立子治為皇太子，嘗命太子遊觀習射，辭以非所好，願奉至尊居膝下。帝大喜，乃營寢殿側為別院，使太子居之。故有太子新院。典切

佳氣曉葱葱，乾行入震宮。前星迎北極，少海被南　承上足二句

海經無臯之山南望幼海。注即少海也。文子古之人君從海以象其大。家語舜彈五絃之琴，歌南風之詩。視膳本禮記文王世子。漢書太子出龍樓門注門樓上有銅龍。吹笙用王子晉事。庭訓深則家道以正，大義舉則天下為公。義君臣之義，謂家天下即官天下。禹之傳子，即是傳賢，故曰君臣。梁簡文荅相東王書轉金輪於香地。爾雅山未及半曰翠微。天文志列星之宮。謝莊月賦即月殿謝靈運詩銅陵映碧澗。簡文菩提樹頌五百寶

風視膳銅樓下，吹笙玉座中。（太子承歡）訓深家以正，義舉俗為公。（太宗垂裕）父子成釗合，君臣禹啓同。（總頌）仰天歌聖道，猶愧之雕蟲。（結泛）禹之傳賢子即傳賢意故云君臣

武三思

奉和春日游龍門應制

龍門即伊闕山，其上有奉先寺。元和郡縣志在河南府伊闕縣北四十五里。武后萬歲通天元年幸此。

鳳駕臨香地，龍輿上翠微。（為幸寺因登山）星宮含雨氣，月殿抱春輝。（八句龍門之景山寺）碧澗長虹下，雕梁早燕歸。（兼寫春日）雲疑浮寶蓋，石似拂天衣。露草侵階長，風花遶席飛。（復開遊字）日斜宸賞洽，清吹（游字後一層結）

三八

蓋勝光自合。〔長阿含經〕忉利天衣重六銖。〔景福殿賦〕複閣重闈。〔庾肩吾詩〕回川入帳殿。池有刻石為鯨魚。又有二石人牽牛織女像。〔博物志〕有人乘浮槎至一處。見一女織。一丈夫牽牛飲河。歸問蜀嚴君平。曰某年月。客星犯牽牛。計之正此人到天河時也。〔淮南子〕曰

入重闈。

宋之問

○奉和晦日幸昆明池應制 漢武欲求身毒國。為昆明夷所閉。昆明有滇池。方三百里。漢將伐昆明。以通身毒。乃象滇池作昆明池。習水戰。池周四十里。時元狩三年也。見〔漢書〕及〔西京雜記〕幸昆明在景龍二年。

春豫靈池會。滄波帳殿開。舟凌石鯨度。槎拂斗牛回。節晦蓂全落。春遲柳暗催。象溟看浴景。燒劫辨沉灰。鎬飲周文樂。汾歌漢武才。不愁明月盡。自有夜珠來。

四句幸昆明池 拗句 晦日 切正月 二句賦池 二句賦幸 比帝製 翻進晦字拍合 昆明巧絕

浴於咸池。〔漢武故事〕帝穿昆明極深。皆黑灰。後西域人言。天地大劫將盡。則劫火洞燒。此劫灰之餘也。

鎬飲。見〔詩大雅〕〔漢武秋風詞〕汎樓船兮濟汾河。

〔三秦記〕漢武於昆明。放堯時帶索銜鈎之魚。後得明珠一雙。帝曰。豈昔魚之報耶。

〔史記〕高帝東擊韓王信。蕭何治未央宮前殿。帝怒其壯麗。何曰。非壯麗無以重威。且無令後世有加也。帝悅。　皇大也。或引易作王明。非。〔淮南子〕魯陽公與韓遘戰酣。日暮。援戈揮之。日反三舍。〔史記〕高帝過

紀事云。中宗正月晦日幸昆明池賦詩。羣臣應制百餘篇。帳殿前結綵樓。命上官昭容選一首為新翻御製曲。從臣悉集其下。須臾紙落如飛。惟沈宋二詩不下。又移時。一紙飛墜。乃沈詩也。及聞其評曰。二詩工力悉敵。沈詩落句詞氣已竭。宋詩猶陟健舉。沈乃服。不敢爭。

○奉和幸長安故城未央宮應制　〔三輔黃圖〕長安故城。漢之故都。景龍二年。中宗臨幸。

漢皇未息戰（宮之始）。蕭相乃營宮。壯麗一朝盡（宮之廢）。威靈千載空。（帝幸）皇明帳前跡。置酒宴羣公。（幸時有宴）寒輕綵仗外。春發幔城中。（宴樂 四句承上）樂思廻斜日。歌詞繼大風。（寫宴 即下云天子貴也）今朝天子貴。不假叔孫通。（翻用漢皇語結）（得冠冕）

沛置酒擊筑歌曰大風起兮雲飛揚云云〔又〕叔孫通説上徵魯諸生習朝儀時長樂宮成竟朝置酒無讙譁失禮者帝曰吾今日乃知為皇帝之貴也

〔漢書袁盎傳〕騁六飛〔注〕六馬之疾若飛　回紆道之意〔佛經〕傅大士捨宅於雙樹下建寺〔後漢書〕明帝夢金人或曰西方有神名曰佛長丈六尺而黄金色帝乃遣使求佛　瑞鳥句蒼頡觀鳥跡造書神龍句寺中應有池〔地持論〕如來所起六種淨心〔四十二章〕世尊轉四諦法輪而證道果〔佛經〕人應生

一片說去氣體高邁後太白往往似此　壯麗二句於應制體尚須含渾

奉和幸三會寺應制

〔張禮遊城南記〕三會寺有臺俗曰迦葉佛說法臺而傳記以為蒼頡造書臺

六飛回玉輦（蹕起）雙樹謁金仙（點幸寺）瑞鳥呈書字神龍吐浴泉（寺中古蹟）淨心遙證果睿想獨超禪（襯幸時之情）塔湧香花地山圍日月天（二句所見）梵音迎漏徹空樂倚雲懸（二句所聞）今日登仁壽長看法鏡圓（比幸寺謂從此佛法長明）

鄭愔詩次聯造書臣頡往觀跡帝羲來　李嶠詩四五聯竹是青蓮外池承點墨餘天文光聖草寶思合眞如

天上。佛以香花仙樂迎之。白帖寺曰日月天宮。陸機畫仁壽殿前有大方銅鏡暗中寫人形體。支僧載外國事迦維羅越國昔太子生時有二龍王一吐冷水一吐暖水。法華經普賢菩薩乘六牙白象。又法王無上尊。魯靈光殿賦玉女窺窗而下視。沈約賦湧寶思於珠泉。皇劫見雲笈七籤卽浩劫大劫之意。六銖謂天衣註見前。未謂將來歷年惟永此時王乃初服也。西都賦度宏規而大起。文選有王延壽魯靈光殿

奉和幸大薦福寺

寺在長安城南。本隋煬帝潛藩。中宗為太子時居此。登極後。改為寺。藏翻譯佛經。其東有放生池。景龍二年十二月。帝遊幸有詩。

香刹中天起。宸遊滿路輝。乘龍太子去。駕象法王歸。殿飾金人影。窗搖玉女扉。稍迷新草木。徧識舊庭闈。水入禪心定。雲從寶思飛。欲知皇劫遠。初拂六銖衣。

與下首同一時作。各自成篇。非兩首聯合作章法也。或刊下首作其二者非。

奉和薦福寺應制

梵筵光聖邸。遊豫覽宏規。不改靈光殿。因開功德

賦。〔彌陀經〕極樂國土有七寶池。八功德水充滿其中。〔支僧載外國事〕和訶條國有大山。山有石井。中生千葉蓮花。并過石上有四佛足跡。〔淮南子〕王好道。感八公。共登山攀桂樹。〔史記天官書〕北斗七星。

實謂與宴者。星槎注見前。二句以織女嫦娥比主。庾丹詩。蟲飛玳瑁梁。〔淮南子〕大厦成而燕雀相賀。〔晉書〕王濟編錢為馬埒。人稱金埒。〔按〕濟尚主。〔仙

池蓮生新步。葉桂長肯攀。枝湧塔庭中見。飛樓海上移。聞韶三月幸。觀象七星危。欲識龍歸處。朝朝雲氣隨。

趙彥昭次聯。千花開國界。萬善累皇基。

宴安樂公主宅得空字〔睿宗八女傳〕安樂公主。中宗最幼女。下嫁武崇訓。

英藩築外館。愛主出王宮。賓至星槎落。仙來月宇空。玳梁翻賀燕。金埒倚晴虹。簫去秦臺裏。書開魯壁中。短歌能駐日。艶舞欲嬌風。聞有淹留處。山河

傳拾遺秦穆公女弄玉吹簫能引鳳公爲作鳳臺一旦與其夫蕭史並昇天去。漢書魯共王壞孔子宅聞壁中絲竹聲得古文尚書。結本淮南招隱。西都賦似雲漢之無涯。雙星即牛女。史記平準書是時越欲與漢用船戰乃大脩昆明池治戰船。按鷁水鳥也畫鷁於船故謂船爲鷁。恩魚見前夜珠注。司馬彪續漢書緹騎百人屬執金吾。西都賦集於豫章之館臨乎昆明之池。西京賦乃有昆明靈沼黑水元阯豫章珍館揭焉中峙。李善注以豫章木

瀟桂叢

沈佺期

奉和晦日幸昆明池應制

法駕乘春轉神池象漢迴雙星遺舊石孤月隱殘灰戰鷁逢時去恩魚望幸來山花緹騎繞堤柳幔城開思逸橫汾唱歌流宴鎬杯微臣彫朽質羞覩豫章材

（幸池　四句寫池　合晦日　賦　襯　從池撲幸　四句寫幸　幸時景　幸時事　以奉和結　慈仍切　昆明）

蘇頲詩五聯二石分河瀉雙珠似月移　李乂詩四五聯鳥疑填海處人似隔河秋劫盡灰猶識年移石故留

四四

爲臺館也。

天磴言磴道之高。

白龜句未詳所本。舊注引毛寶放白龜獲報事。亦未確。〔謝朓詩〕日旰坐彤闈。注宮門也。

〔史記〕公子高上書曰。中廐之寶馬。臣得賜之。〔說文〕潯。水厓也。〔周禮〕凡王之好賜肉修。則饔人共

仙蕚池亭應制 唐於翠微宮避暑。仙蕚即宮中池亭。

步輦尋丹嶂。行宮在翠微。川長看鳥滅。谷轉聽猿稀。天磴扶階迥。雲泉透戶飛。閒花開石竹。幽葉吐薔薇。徑狹難留騎。亭寒欲進衣。白龜來獻壽。仙吹返彤闈。

（池亭）（接寫景）（兜轉駕幸）

白蓮花亭侍宴應制 亭亦在翠微宮。

九日陪天仗。三秋幸禁林。霜威變高樹。雲氣落遥岑。水殿黃花合。山亭絳葉深。珠旗夾小徑。寶馬駐清潯。苑吏收寒果。饔人獻野禽。承歡不覺暝。遥響

（四句承九日三秋）（以下承陪幸）（侍宴）（迴顧）

之〔玉篇〕砧擣石也。

〔後漢鄭弘傳〕為尚書令。前後所陳有補益者著之南宮。以為故事。〔漢書〕哀帝時。鄭崇為尚書僕射。每見上曳革履。上笑曰。我識鄭尚書履聲。翔鳳樓名。濯龍門名。〔後漢紀〕郭況賞賜豐盛。人號金穴。〔抱朴子〕老君以五色雲為衣。〔列子〕日日獻玉衣。蹕止

素秋砧（秋日）

附宗楚客幸上陽宮侍宴應制詩三四聯。烏將歌合囀。花共錦爭鮮。湛露飛堯酒。薰風入舜絃。

奉和聖製幸禮部尚書竇希玠宅

〔舊唐書〕竇孝慈子希玠。少襲爵。中宗時。為禮部尚書。

北闕垂旒暇。南宮聽履迴。天臨翔鳳轉。恩向濯龍開。蘭氣熏仙帳。榴花引御盃。水從金穴吐。雲是玉衣來。池影搖歌席。杯香散舞臺。不知行漏晚。清蹕尚徘徊。

（二句龍頭切尚書）（二句將幸）（六句正寫幸宅將宴之盛）

蘇頲詩三聯。日交當户掛。泉漾滿池花。

也。周禮天官宮正：凡邦之事蹕。注：國有事，王當出，則主禁絶行。宿門見書舜典。唐藝文志：明皇聚書四部，以甲乙丙丁為次，列經史子集四庫。集賢詳後宴述詩題注。龍負用伏羲事。事始：石季龍詔書用五色紙銜於木鳳之口。魚豢典略：芸香辟蠹，故藏書臺稱芸臺，亦曰芸閣。漢武宴栢梁臺，作栢梁詩。潞為明皇潛藩，故云翊興王。都督刺史門得施棨

張說

奉和聖製春晚宴兩相及禮官於麗正殿探得開字應制

集賢注記：麗正殿在東宮。

聖政惟稽古，賓門引上才。（虛龍點題）坊因購書立，殿為集賢開。（二句寫殿）髦彥星辰下，仙章日月迴。（兩相禮官　聖製）字如龍負出，韻是鳳銜來。（挨上寫　秀絶）庭樾餘春駐，宮鶯早夏催。（春晚）喜承芸閣宴，幸捧栢梁杯。（結出宴字）

奉和聖製賜崔日知往潞州應制

○重○潞○州○命○往○之○由○　○次點崔之往鎮

聖情留重鎮，佳氣翊興王。增戟雄都府，高車轉太

戟

漢書黃霸為刺史有治績。宣帝賜車蓋高一尺。以彰有德。太常旂也。

上林賦八川分派。謝朓詩澄江靜如練。五龍山在潞州。天人猶王人。或引魏略非。左傳紀綱之僕。玩此句。崔應潞府舊人。

爾雅華山為西嶽。太清。天也。鶡冠子上及太清。西京賦巨靈贔屭高掌遠蹠。注巨靈河神。華本一山。河神以手劈開其上。足蹋離其中。手足之跡。於今尚在。山海經太華之山削成而四方。封禪書申公曰華山首山太室太山東萊此五山黃帝之所常遊

常川橫八練。潞山帶五龍。長遵帥初恩。命天人舊紀綱。餞塗飛御藻。閭境自生光。明主徵循吏。何年下鳳凰。

承首聯表潞形勝　承次聯詳崔履歷　聖製　末望其還朝　詔書也

奉和聖製途經華嶽應制

西嶽鎮皇京。中峰入太清。玉鑾重嶺應。緹騎薄雲迎。霽日懸高掌。寒空映削成。軒遊會神處。漢幸望仙情。舊廟青林古。新碑綠字生。羣臣願封岱。還駕勒鴻名。

華嶽起軒拔　途經　項首聯寫　項次聯寫　懷古蹟　紀時事　推開　轉　合

附說奉和華萼樓觀羣臣宴應制詩次聯。山接夏雲陰。臺留春日遲。又元武門侍射詩次聯。

四八

與神會。華山記有童子執五彩囊盛柏葉露食之武帝即其地造宮殿歲時祈禱。會要帝幸華嶽製文勒石。相如封禪文前聖所以永保鴻名。史記吳起傳魏武侯浮西河而下中流顧謂起曰美哉山河之固此魏國之寶也。莊子廣成子在崆峒山黃帝進而問道。呂覽禹南省方濟江黃龍負舟神仙傳老子乘青牛車西過函谷關令尹喜先見東來有紫氣。史記文帝曰河東吾股肱郡。未見書盎稷

雕弧月半上畫的暈中開

張九齡

奉和聖製早度蒲津關

魏武中流處軒皇問道回長堤春樹發高掌曙雲開龍負玉舟渡人占仙氣來河津會日月天仗役風雷東顧重關盡西馳萬國陪還聞股肱郡元首詠康哉

蒲津　度　二句寫早

四句寫度

昔東幸時今西歸時所經處皆須敍

戴道

吳樊桐曰曲江諸體皆合法度正如宋廣平賦梅花也

奉和聖製途經華嶽應制

老子知者不言，言者不知，是謂元同。日月謂常神仙，謂呼子先、毛女之屬。史記熊熊有光。漢武帝紀注王者刻石記號，有金泥玉檢之封焉。

（山下望嶽三句開）萬乘華山下，千巖雲漢中。靈居雖窅窱，睿覽忽元同。（句合）

（二句登嶽流水迴環）日月臨高掌，神仙仰大風。（開）攢峰形屹屹，翊輦氣熊熊。（合）

（以下頌御製文勒石事）揆物知幽贊，銘勳表聖衷。會應陪玉檢，來此告成功。

附九齡奉和同二相南出雀鼠谷詩三四聯：寒出重關盡，年隨行漏新。瑞雲叢捧日，芳樹曲迎春。又奉和經河上公廟應制詩三聯：跡爲生忘晦，言猶强著詮。

韋述

奉和聖製送張說上集賢學士賜宴 開元十年帝與學士禮官宴集仙殿。上曰：仙者憑虛之論，朕所不取。賢者濟理之具，今與卿曹合宴晉天文志在人曰三公。在天曰三台。國語以德榮爲國華。五星經天上有白玉京黃金闕。劉楨詩偏此西掖垣。注禁墻也。按初學記中書省在右故稱西掖門下省在東故稱左掖。漢書孔光傳或問溫室省中樹光不應。注長樂宮有溫室殿。

後漢書永光中帝幸東觀。覽書林博選藝術之士以充其官。漢書未央北宮。詩維師尚父。史記賈

宜更名集賢。十六年。以張說兼集賢殿學士。賜讌賦詩。命羣臣和。張九齡奉勅爲序。

修文中禁啟改字令名加台座徵人傑書坊應國

從集賢院說入 二句美說

華賦詩開廣宴賜酒酌流霞雲散明金闕池開照

賜詩賜宴二句 流水 四句院中之景

玉沙掖垣留宿鳥溫樹落餘花謬此天光及銜恩

有、不、

醉日斜

醉ゝ歸意

褚琇

奉和聖製送張說上集賢學士賜宴

講習延東觀趨陪盛北宮惟師恢帝則敷教叶天

上集賢送 此聯美說

工宣室恩常異金華體更崇洞門清永日華綬接

平日 此時 足上 開下

誼傳〕文帝方受釐坐宣室。因問鬼神之事。〔西都賦〕金華玉堂。〔帝王世紀〕堯厨中生肉脯，搖鼓生風，使食物不臭，名曰萐莆。升中見〔禮記禮器〕

長樂宮名。〔三輔黃圖〕長安城東霸城門，民間謂之青門。〔括地志〕宜春苑在宜春宮東。〔庾信詩〕開搒通畫鷁。〔漢書谷永傳〕左右之臣，戴金貂之飾。〔漢

徽風蓮降，堯厨翠榴看舜酒紅。文思光萬宇，高議待升中。

二句賜宴　推開氣象高華

蕭嵩詩起二聯，帝簡才能旌賢右股肱，文章體一變，禮樂道逾弘。

王維

奉和聖製上巳於望春亭觀禊飲應制

〔程大昌雍錄〕望春亭在禁苑東南高原之上。東臨滻水。〔廣韻〕禊音係，除惡祭名。

托出望春亭所在

長樂青門外，宜春小苑東。樓開萬戶上，輦過百花中。

寫亭　駕幸

四句禊飲

畫鷁移仙伎，金貂列上公。清歌邀落日，妙舞向春風。

再寫亭起到末句

渭水明秦甸，黃山入漢宮。君王來祓禊，灞滻

點明

地理志槐里縣有黃山宮。
〔三輔黃圖〕灞滻並出藍田谷灞水西北入渭滻水北至霸陵入灞

〔博物志〕周自后稷至文武。都關中。號為宗周。〔王乘車也。〕金節見〔周禮掌節〕
三省中書門下尚書。
〔後漢書賈琮傳〕琮為冀州刺史。傳車垂赤帷裳。迎於州界。琮曰。刺史當遠視廣聽。何有反自掩塞乎。命褰之。
上路見〔杖乘傳注〕猶道上也。
鈞天樂見〔史記趙世家〕
〔辯命論〕聖人之言河漢而不測。

亦朝宗（借二冬韻）

奉和聖製暮春送朝集使歸郡應制〔唐會要〕貞元十七年。詔爲諸州朝集使造邸第。開元八年。勅都督刺史上佐每歲分班朝集。

萬國仰宗周。衣冠拜冕旒。玉乘迎大客。金節送諸侯。祖席傾三省。褰帷向九州。楊花飛上路。槐色蔭通溝。来預鈞天樂。歸分漢主憂。宸章類河漢。垂象滿中州。

（朝集起　求上觀下　點送　寫送歸郡　歸途之景切暮春　應起處　開　點歸字　合　聖製　韻複）

奉和聖製與太子諸王三月三日龍池春禊應制〔唐禮樂志〕明皇賜第在隆慶坊。有舊井。忽涌為小池。至景龍中。為龍池焉。

魏志陳思王植善屬文。吳均續齊諧記束皙曰。昔周公卜洛邑。因流水以泛酒。故逸詩云。羽觴隨波。又秦昭王三日置酒河曲。有金人自泉出。捧水心劍。曰令君制有西夏。後乃因此處立曲水祠。莊子南瞑者。天池也。

庾信詩南宮容衛疏。

應劭曰籞禁苑也。漢禮樂志天馬徠容龍之媒

四句點題

龍池

故事脩春禊。新宮展豫遊。明君移鳳輦。太子出龍樓。賦掩陳王作。杯如洛水流。金人來捧劍。畫鷁去迴舟。花樹浮宮闕。天池照冕旒。宸章在雲漢。垂象滿皇州。

補諸王寫禊開下四句

結複前首○率華

三月三日曲江侍宴應制

相如賦注曲江。在杜陵西北五里。康駢劇談錄曲江池。本秦時隑州。唐開元中。疏鑿為勝境。

二句點題

萬乘親齋祭。千官喜豫遊。奉迎從上苑。祓禊向中流。草樹連容衛。山河對冕旒。畫旗搖浦溆。春服滿汀洲。仙籞龍媒下。神皐鳳蹕留。從今億萬歲。天寶

頂次句

頂首句

寫駕幸曲江景象

頌結

西京賦實爲地之奥區神臯。廣雅臯局也神明之界局也。郭璞詩京華遊俠窟。國步見詩大雅穆天子傳觴王母於瑶池之上。初學記天河曰銀漢。三輔舊事未央宮東蒼龍闕。北元武闕。仙祚謂唐以老子爲始祖。說文鴛鷺立有行列。故以喻朝班。北齊樂曲鴛鷺成行。西都賦玉階彤庭。

紹春秋。

楊巨源

春日奉獻聖壽無疆詞十首

文物京華盛。謳歌國步康。瑶池供壽酒。銀漢麗宸章。雨露含雙闕。雷霆肅萬方。代推仙祚遠。春共聖恩長。鳳扆臨花暖。龍鑪傍日香。遥知千萬歲。天意奉君王。

龍獻詞　點壽　政典之温肅。皆聖恩也。此得壽之由　點春　壽結

通首春日京華之景　承首句　承次句

鴛鷺彤庭際。軒車綺陌前。九重多好色。萬井半祥烟。人醉逢堯酒。鶯歌答舜絃。花明御溝水。香煖禁

鮑昭詩艷陽桃李節。吳均詩飄颻上碧虛。履雅日為大明。睿藻指章服之藻火言。非謂御製也。禮統天地者。元氣之所生。征苗見書大禹謨年華句即化日舒長意。漢書東方朔傳待詔公車。華胥國名。見列子漢元后傳赤墀青瑣。注刻為連瑣文而青塗也。甘泉賦排玉戶而颺金鋪。九門見禮記月令注雉應皋路庫國遠郊近郊關門也。

城天賜宴文逾盛徵歌物更妍無窮艷陽月長照（春壽雙結）太平年

雲陛臨黃道天門在碧虛大明含睿藻元氣抱宸（四句京華之盛）

居戈偃征苗後詩傳宴鎬初年華富仙苑時哲滿（四句政典之美）

公車化入絪縕大恩垂渙汗餘悠然萬方靜風俗（此首不點春壽結穴到風俗上天保詩謂）揖華胥（羣黎百姓徧為爾德也）

玉漏飄青瑣金鋪麗紫宸雲山九門曙天地一家（京華）（春日）

春瑞靄方呈賞暄風本配仁巖廊開鳳翼水殿壁（項次聯）（項首聯）

鼇身文雅逢明代歡娛及賤臣年年未央闕恩共（帶壽意）（恩字）

應禎華林園集詩。元澤旁流。注。天澤也。王融詩。幸得與珠綴，羃歷君之徽。西都賦。抗仙掌以承露，擢雙立之金莖。注。金莖，銅柱也。漢武帝造。見史記封禪書。爾雅。春為發生。春秋演孔圖。正氣為帝，閒氣為臣。漢景帝紀。後元年春，詔治獄者寬三月。按。此聯俱切春日說。近光集注誤。禮記王制。歲二月，命太史陳詩。

應首章

物華新。（二首以政典春日夾寫。本首章春共聖恩長意）

垂拱乾坤正，歡心品類同。紫烟含北極，元澤付東風。珠綴留晴景，金莖直曉空。發生資盛德，交泰讓全功。間氣登三事，祥光啟四聰。遐荒似川水，天外亦朝宗。（與下章結處呼應）

代是文明晝，春當宴喜時。鑪烟添柳重，宮漏出花遲。漢典方寬律，周官正採詩。碧宵傳鳳吹，紅旭在龍旗。造化膺神契，陽和沃聖思。無因隨百獸，率舞奉丹墀。（時揚在外）

列子曰初上大如車輪。神異經西方有宮金牓而銀鏤。張華詩乘馬鳴玉珂。說文珂勒飾也。史記龜策傳神龜巢於芳蓮之上。韓詩外傳黃帝時鳳止東園集梧桐樹。大人賦呼吸沆瀣兮餐朝霞。注北方夜半氣也。楚詞排閶闔而望予。注天門也。京城曰鳳城。按秦穆公女吹簫鳳降其城因名。

紀事云宮漏出花遲句梁貞明三年。薛廷珪取為試題。為後人賞愛如此。

睿德符元化芳情翊太和（二語束上兩章）日輪皇鑒遠天仗聖朝多（下寫京華文物）曙色含金牓晴光轉玉珂中宮陳廣樂元老進賡歌蓮葉看龜上桐花識鳳過小臣空擊壤（應上章結處）滄海是恩波（又應首章）

物象朝高殿簪裾溢上京（篇法與第二章同）春當九衢好天向萬方明樂報簫韶發杯看沆瀣生芙蓉丹闕暖楊柳玉樓晴閶闔開中禁衣裳儼太清南山同聖壽長對（兜合壽字）鳳凰城

郭璞賦稟元氣之靈和。春秋運斗樞天樞得則景雲出。西都賦鮮顥氣之清英。老子善陳者不戰。

楚詞採三秀兮於山間。注芝草也。景福殿賦綴以萬年。注晉華林園萬年樹十四株。漢官儀省中皆以丹漆地。史記天高聽卑。後漢光武帝紀今日復見漢官威儀。

日上蒼龍闕。香含紫禁林。晴光五雲疊。春色九重深。賞叶元和德。文垂雅頌音。（以上寫京華春）景雲隨御輦。顥氣在宸襟。永保無疆壽。長懷不戰心。（景下寫壽意）聖朝多慶賜。瓊樹粉牆陰。化洽生成遂。（結政典）功宣動植知。瑞凝三秀草。春入萬年枝。（結春壽）鳳掖嘉言進。鴛行喜氣隨。（結京華文物）仗臨丹地近。衣對碧山垂。渥澤方柔遠。（應萬方遐荒）聰明本聽卑。（起下）願同東觀士。長對漢威儀。（獻詞本意）

胡元瑞曰。中唐諸家排律。雖時見天趣。然或句格偏枯。或音調孱弱。初唐鴻麗氣象。無復存者。

獨巨源此詞，典雅精工，莊嚴律切，大有沈宋風骨，中唐諸作，此最傑然。

明皇帝 以下八韻

春中興慶宮酺宴〔唐六典〕興慶宮在皇城東南。〔注〕即帝龍潛舊宅。開元初以為離宮。〔漢文帝紀〕酺五日。〔注〕詔橫賜得令會聚、飲食、五日也。

九達長安道，三陽別館春。還將聽朝暇，同作豫遊晨。不戰要荒服，無刑禮樂新。合酺覃土宇，歡宴接羣臣。玉斝飛千日，瓊筵薦八珍。舞衣雲曳影，歌扇月開輪。伐鼓魚龍雜，撞鐘角觝陳。曲終酣興晚，須有醉歸人。

四句初題春宮 蘢、酺、宴、

二句酺宴之由

二句明點

以下鋪寫酺宴

〔爾雅〕九達謂之逵。〔西都賦〕離宮別館。

〔博物志〕劉元石酤酒中山酒家，與以千日酒。〔周禮〕〔膳夫〕珍用八物。〔漢書西域傳〕作魚龍曼衍角觝之戲。

魏文帝與吳質書從者鳴笳以啟路。火龍火炬也。庾信銘鳥道乍窮。史記索隱羊腸阪在太行山上 楚詞採薜荔以為裳 左傳天子非展義不巡狩。垂堂見相如諫獵書

早登太行山中言志

括地志太行山在懷州河內縣北二十五里

開元十一年春。上自潞州還作。

清蹕度河陽。凝笳上太行。火龍明鳥道。鐵騎繞羊腸。白霧埋陰壑。丹霞助曉光。澗泉含宿凍。山木帶餘霜。野老茅為屋。樵人薜作裳。宣風問耆艾。敦俗勸耕桑。涼德慚先哲。徽猷慕昔皇。不因今展義。何以冒垂堂。

來歷 明點 樓寓登山 四句早景 二句山中之景 六句言志所謂無非事者

左丞相說張右丞相璟宋太子少傅乾曜源同日上官命宴東堂賜詩

開元十七年六月事 唐六典尚書左右僕射

漢高祖為赤帝。見史記本紀。又子房蕭何韓信三者皆人傑也。帝王世紀、黃帝得風后力牧以為將相。劉琨詩握中有元璧。傳亮修張良廟教道亞黃中。後漢書袁宏字仲子。史記留侯世家煩公幸卒調護太子。楚詞援北斗兮酌桂漿。

漢武故事帝生於猗蘭殿。表猶彰也。近光集注誤

開元元年。為左右丞相、總領六官。紀綱百揆。

赤帝收三傑。黃軒舉二臣。由來丞相重。分掌國之鈞。（總掌領）（六句左右丞相）

我有握中璧。雙飛席上珍。子房推道要。仲子訏風神。（張宋）

復輟台衡老。將為調護人。鵷鸞同拜日。車騎擁行塵。（二句太子少傅同日上官）

樂聚南宮宴。觴連北斗醇。俾予成百揆。垂拱問彝倫。（命宴東堂）（以望勉結）

千秋節宴 舊唐書開元十七年八月癸亥。上以降誕日。讌百寮于花萼樓下。百寮表請以每年八月五日為千秋節。

蘭殿千秋節。稱名萬壽觴。風傳率土慶。日表繼天（節宴）（承次句）（承首句）

周禮小胥王宮懸諸侯軒懸 會昌殿名

唐故事百官以千秋節進金鏡綬帶士庶以結絲承露囊相遺問村社作壽酒宴樂名為賽白帝祠田神

西崦日入處也見穆天子傳 北燕用後漢書竇憲北伐勒銘燕然山事

○祥玉宇開花蕚宮懸動會昌衣冠白鷺下帟幕翠（四句寫宴○）

雲長獻遺成新俗朝儀入舊章月銜花綬鏡露綴（六句寫節○日禮儀風俗○）

絲絲囊處處祠田祖年年宴杖鄉深思一德事小（自慰結○）

獲萬人康○

李　嶠

奉和天樞成宴夷夏羣寮應制 通鑑武后天冊萬歲元年天樞成后自書曰大周萬國頌德天樞 注 其制若柱鐵山為之趾立於端門之外

轍迹光西崦勳庸紀北燕何如萬方會頌德九門（二句總○入題○夷夏○龍天樞）

前灼灼臨黃道迢迢入紫烟仙盤正下露高柱欲（六句寫天○樞○）

〔法華經〕如人以力磨三千大千土，復盡末為塵，一塵為一劫。〔神仙傳〕麻姑語王方平：接待以來，見東海三為桑田。〔校〕天授元年，僧法明上大雲經，言太后乃彌勒佛下生，當代唐為閻浮提主。〔詩譜序〕上皇之世。〔注〕謂伏羲三皇以前。

劒履見〔漢書蕭何傳〕。驪山，長安東山，故曰東巖。〔史記天官書〕斗為帝車。〔周禮掌舍〕設旌門。窅窱。

承天山類叢雲起，珠疑大火懸。穀流塵作劫，業固海成田。帝澤傾堯酒，宸歌掩舜弦。欣逢下生日，還覩上皇年。

宋之問

奉和幸韋嗣立山莊侍宴應制

〔唐書〕韋嗣立，中宗景龍中同中書門下三品。〔又〕景龍三年，帝幸嗣立山莊，封為逍遙公，名所居曰清虛原幽棲谷，命羣臣賦詩。〔長安志〕嗣立營構別業于驪山，有重崖洞壑，飛流瀑水。

樞掖調梅暇，林園藝槿初。入朝榮劒履，退食偶琴書。地隱東巖室，天回北斗車。旗門臨窅窱，輦道屬

（二句頌　宴　后製　四句從別業山莊起　足上　開下　六句寫幸）

深邃貌。西京賦 望窈窱以徑廷。上林賦 載雲罕 注 旗也。李康運命論 張良受黃石之符誦三略之說。其遭遇漢主也。如以石投水莫之逆也。黃竹歌見穆天子傳

扶疎雲罕明丹壑霜笳徹紫虛水疑投石處溪似釣璜餘帝澤頌卮酒人歡頌里閭一承黃竹詠長奉白茅居

二句侍宴 見奉和意

武平一詩三四聯 圓塘冰寫鏡遙樹露成春弦奏魚聽曲機忘鳥狎人

張說

奉和聖製春中興慶宮酺宴應制

宮本舊宅 春中 點酺宴

千齡逢啟聖萬域共來威慶接郊禋後酺乘農事稀御樓橫廣路天樂下重闈鸞鳳調歌曲虹霓動舞衣合殺雲上聚連步月中歸物覩恩無外神和

宮爲宴開下四句

頌宴

劉楨詩 文雅縱橫飛。

順動見 易豫卦

夷平也。

井泉見 禮記月令 周王問本 王制 問百年者就見之意。 歌用高帝大風歌意。

史記封禪書 禪太山下阯肅然山。如后土禮。

道入徽鎬京陪樂飲栢殿奉文飛徒竭秋雲影何資春日暉
（足上○聖製○奉和○）

蘇頲

奉和聖製登太行山中言志應制

北山東入海馳道上連天順動三光注登臨萬象懸俛觀河內邑平指洛陽川按蹕夷關險張旗亘井泉曉巖中警柝春事下蒐田德重周王問歌輕漢后傳宸遊鋪令典睿思起芳年願以封書奏迴鑾禪肅然
（太行○山中二句登○　四句寫登○山　足上○下寫登山所○行與帝詩相○應　聖製○言志○推開結○）

郭隗馮諼竝見國策不知用陳平傳問決獄不知問錢穀不知事句法甚晦

宋璟

奉和御製璟與張説源乾曜同日上官命宴都堂賜詩應制

○箋○奏○語○入○詩○何○等○莊○重○

丞相邦之重。非賢諒不居。老臣慵且憊。何德以當諸。厚秩先爲忝。崇班復此除。太常陳禮樂。中掖降簪裾。聖酒山河潤。仙文象緯舒。冒恩懷寵錫。陳力省空虛。郭隗慙無駿。馮諼愧有魚。不知周勃者。榮幸定何如。

舊職 新階 三句命宴 陪宴者

賜詩 以下感恩自謙

結語拙

張九齡

開元十五年南郊始以睿宗配享。見【文獻通考】【西都賦】披三條之廣路。【梁元帝纂要】百戲起于秦漢。平樂觀名。【晉天文志】形如直狀，微起在日上為戴。戴者德也。【宋書符瑞志】鳳皇舉鳴曰上翔，集鳴曰歸昌。【呂氏春秋】顓項作承雲之樂。

奉和聖製南郊禮畢酺宴【唐書禮樂志】元宗既定開元禮。天寶元年。遂合祭天地於南郊。

南郊一筆揭過　點酺宴

配天昭聖業。率土慶輝光。春發三條路。酺開百戲

以下全寫酺宴

場。流恩均庶品。縱觀聚康莊。妙舞來平樂。新聲出

○須○妙○舞○　○須○新○聲○　足上開

建章。分曹日抱戴。赴節鳳歸昌。幸奏承雲樂。同晞

下二句須應○流恩句

湛露陽。氣和皆有感。澤厚自無疆。飽德羣臣醉。連

奉和

歌奏柏梁。

王維

奉和聖製十五夜然燈繼以酺宴應制【唐紀】開元

後漢律曆志孔壺為漏浮箭為刻。梁簡文帝詩夕門掩魚鑰。丁用晦芝田録魚取不瞑目守夜之義。百福殿名。

漢官儀大駕則公卿奉引周禮司儀掌賓客擯相之禮。楚詞與天地兮比壽。

元年二月庚子夜。開門燃燈。

上路笙歌滿春城漏刻長遊人多晝日明月讓燈光魚鑰通翔鳳龍輿出建章四句帝之出遊九衢陳廣樂百福透名香仙仗來金殿都人遶玉堂四句都人入遊禁中定應偷妙舞從此學新妝奉引迎三事結出遊司儀列萬方願將天地壽同以獻君王結入遊即寫酺宴

王昌齡

夏日花萼樓酺宴應制 唐書以隆慶舊邸為興慶宮。天子於宮西南置樓。西曰花萼相輝。南曰勤政務本。

唐以土德王。十六國春秋。從上元人皇起。至中元下元。盡三元而止。漢武帝紀。祠汾陰。諸宮。用左傳。指興慶宮龍池而言。

元覽。見老子。西都賦。重軒三階。雲笈寶本元經。人

土德三元正堯心萬國同汾陰備冬禮長樂應和（補）（龍題）

（下言酺宴）（花萼樓）

風賜慶垂天澤流歡舊諸宮樓臺生海上簫鼓出

天中霧曉筵初接宵長曲未終雨隨青幕合月照

（應制意）

舞羅空玉陛分朝列文章發聖聰愚臣忝書賦歌

詠頌絲桐

題爲夏月。詩中絕無夏景。又日宵長。皆欠斟酌處。

錢起

奉和聖製登朝元閣

（龍登閣）（二句寫閣）

六合紆元覽重軒啟上清石林飛棟出霞頂泰階

天外有三清境，玉清、太清、上清。關尹子：役神御氣，變化萬物。

上上，見《書禹貢》。秦為鶉首分野。法，《法言》：鳳之師師，法太和之百官若鳳之師師然衆也。元祖，老子。《老子》：天下有道，却走馬以糞。閒雞，即雞犬相聞意。

○平拂曙鑾輿上，晞陽瑞雪晴。翠微田日馭，丹巘駐

六句寫登○時景○

天行。御氣升銀漢，垂衣俯錦城。山通玉苑迥，河抱

二句登閣○所○見○

紫闕明。感物乾文動，凝神道化成。周王陟喬嶽，列

二句聖製○　比頌結○

辟讓英聲。

司空曙

御製雨後出城觀覽敕朝臣已下屬和

觀覽之地○　點題○　二句題○意

上上開鶉野，師師出鳳城。因知聖主念，得遂老農

所觀覽○寫出城帶兩○字　二句根○隴麥句

情。隴麥垂秋合，郊塵得雨清。時新薦元祖，歲足富

四句推開○頌平日德政○

蒼生。却馬川原靜，閒雞水土平。薰弦歌舜德，和鼎

水土平。用書舜典語。

漢書汲黯傳上嘗坐武帳。注武帳置兵闌五兵於帳中也。初學記隋以六尚書左右僕射為八座唐同文昌。假名。史記留侯世家大父父五世相韓。

致堯名覽物欣多稼垂衣御大明史官何所錄稱（拍合到題）

瑞滿天京。

明皇帝 以下十韻

送張說巡邊 事在開元十年閏二月。唐書張說傳召為中書令。封燕國公。又詔為朔方節度大使親行五城督士馬。

（四句巡邊之由）

端拱復垂裳長懷御遠方股肱申教義戈劒靖要

（四句命相出巡）

荒命將綏邊服雄圖出廟堂三台入武帳八座起

（四句美說）

文昌寶胄匡韓主華宗輔漢王茂先懃博物平子

（四句勉說）

謝文章盡節恢時佐輸誠禦寇場三軍臨朔野駟

輔漢，指張良。〔晋書〕張華字茂先，博物洽聞。〔後漢書〕張衡字平子，工文章。〔後漢書〕圖畫功臣於雲臺。

山莊，在洛水南。〔説苑〕郭隗曰：帝者之臣，其名臣也，其實師也。

黄陸，即黄道。

〔圖經〕黄帝與浮丘仙人煉丹於黄山。

〔方輿記〕小酉山中藏書千餘卷。　摶風，見〔莊子〕。〔王

馬即戎行，鼓吹威夷狄。旌軒溢洛陽，雲臺先著美。（四句望其成功而歸。）今日更貽芳。

李嶠

奉和幸韋嗣立山莊應制

南洛師臣契，東巖王佐居。（總冒。點山莊。指韋嗣。寵幸合。）幽情遺紱冕，宸眷屬樵漁。制下峒山蹕，恩回灞水輿。（四句寫幸。）松門駐旌蓋，薜幄引簪裾。石磴平黄陸，煙樓半紫虚。雲霞仙路近，琴酒俗塵疏。（以下寫山莊。）喬木千齡外，懸泉百丈餘。崖深經鍊藥，穴古舊藏書。樹宿摶風鳥，池潛縱壑魚。（以鳥宿魚潛比韋爬下。）寧知天子貴，（收到駕。）

褒聖主得賢臣頌 沛乎如
巨魚縱大壑
區夏 見書康誥 帝王世
紀黃帝時鳳巢阿閣 飛
龍即指興慶龍池 羽獵
賦 禁禦所營 注 禁苑之遮
衛也 漢書梁孝王築東
苑自宮連屬於平臺三十
里
益地 見禮記射義
淮南子 聖人之道猶中衢
而設尊過者斟酌各得其
宜 又 堯置敢諫之鼓

幸

尚憶武侯廬○

張說

奉和聖製暇日與兄弟同遊興慶宮作應制

觀起○入○題○有○體○

漢武橫汾日周王宴鎬年何如造區夏復此睦親

賢巢鳳新成閣飛龍舊躍泉棣華歌尚在桐葉戲

四句言宮○係帝與兄弟○舊遊處○

仍傳禁籞氛埃隔平臺景物連聖慈良有裕王道

二句言宮○與王邸相連○二句同遊○

固無偏問俗兆人阜觀風五教宣獻圖開益地張

四句言仁○民本于親親○

樂奏鈞天侍酒衢樽滿詢芻諫鼓懸永言形友愛

四句又從○親親說到仁○民○

萬國共周旋○

隋經籍志太公六韜五卷。列仙傳呂尚釣於磻溪，得兵鈐於魚腹中。神武見易繫辭。思方見易既濟。文選注：在漢為先零羌。供帳見漢書疏廣傳。陸機文賦：流管絃而日新。左傳：顏高之弓六鈞。漢武帝紀：遣將軍衛青收河南地。大軍見史記李將軍傳。漢書張騫傳：封博望侯。

將赴朔方軍應制

（觀上內歸美得體赴）

禮樂逢明主，韜鈐用老臣。恭憑神武策，遠靜思方人。（四句謝餞送之恩）

供帳恩榮餞，山川喜詔巡。天文日月送，朝賦管絃新。（四句受任自省）

幼志傳三略，衰材謝六鈞。膽猶忠作屏，心故道為鄰。（四句以功自期）

漢保河南地，胡清塞北塵。連年大軍後，不日小康辰。（臨行慷慨，真大臣語）

劒舞輕離別，酣歌忘苦辛。從來思博望，許國不謀身。

附說：奉和聖製送王晙巡邊應制詩中四聯：禮樂知謀帥，春秋識用兵。一勞堪定國，萬里即長城。策有和戎利，威傳破虜名。軍前雨灑道，樓上月臨營。

漢書何參為一代宗臣。孫子未戰而廟算勝。萬里城見宋書檀道濟傳。後漢書章帝賜韓稜郅壽陳寵三人寶劔各題其名。漢書地理志六郡隴西。天水。安定。北地。上郡。西河。周禮職方氏掌五戎六狄之人民。詩大雅仲山甫徂齊式遄其歸。毛傳遄疾也。左傳晉悼賜魏絳女樂歌鐘。漢書趙充國傳從枕席上過師。

張九齡

奉和聖製送尚書燕國公赴朔方

○提○燕○公○直○起○格○調○高○亮○

宗臣事有征廟算在休兵天與三台座人當萬里

○二句寓赴○ ○二句寓送○

城朔南方偃革河右暫揚旌寵錫從仙禁光華出

○足赴字○ ○足送字開○下二句聖○製

漢京山川勤遠略原隰軫皇情為奏薰琴唱仍題

○以下根休○兵意望其功○成早歸

寶劔名聞風六郡伏計日五戎平山甫歸應疾留

侯功復成歌鐘旋可望衽席豈難行四牡何時入

吾君憶履聲

王維

度人經東方第一天碧霞遍滿是云碧落。如何即何如。唐人慣如此用。易地上有水比。比相比無間之意。近本作此非。孫綽天台賦王喬控鶴以冲天。搜神記羊公雍伯居無終山。有人與石子種之生好玉。遂名玉田。史記封禪書李少君言祀竈則丹砂可化為黃金。仙經神山五百年一開。石髓出。服之壽與天齊。胡麻用續齊諧記劉晨阮肇入天台採

奉和聖製幸玉真公主山莊因題石壁十韻之作應制

文獻通考玉真公主睿宗第十女。入道不嫁。

碧落風烟外瑤臺道路賒○如何連帝苑别自有仙家○比地回鑾駕緣谿轉翠華○洞中開日月窗裏發雲霞○庭養冲天鶴溪流上漢查○種田生白玉泥竈化丹砂○谷靜泉逾響山深日易斜○御羹和石髓香飯進胡麻○大道今無外長生詎有涯○還瞻九霄上來往五雲車○

以仙境○襯落到○山莊

二句駕幸○入句山莊○根仙家

寫○景以公主固○志於求道者○

頗駕幸

頌聖○望仙人之○來

蘇頲 十二韻

藥。仙女留過家。進胡麻飯事。庾信詩北属五雲車。按史記封禪書上欲與神通。乃作畫雲氣車。明皇帝初封臨淄王。出潛二句。用易乾泰二卦意。漢律歷志日行東陸謂之春。後漢光武帝紀南陽宛人。蔡邕獨斷天子以四海爲家。謂曰行在所。韓子黃帝合鬼神於太山。風伯進掃。太行山名。皐落即皐落氏地。上林賦天子校獵。注以五校兵出獵也。陳漁見左傳。梁簡文帝賦沛縣有三日之飲。按漢高祖本紀上還過沛。張飲三日。武帝紀

奉和聖製巡省途次上黨舊宮

時開元十一年春。唐地理志潞州上黨郡上黨縣啟聖宮。本飛龍。明皇故第。

潞國臨淄邸。天王別駕輿。出潛離隱際。小往大來初。（四語總冒）

東陸行春典。南陽即舊居。（巡省　舊宮　四句頂東陸句寫）

約川星罕駐。扶道日旂舒。雲覆連行在。風回助掃除。（南陽句　二句闢合領下）

太行城邑望。皐落土田疏。（二句上黨頂）

昔試邦與后。今過俗徯予。示威寧校獵。崇讓不陳漁。府吏趨宸扆。鄉耆捧帝車。帳傾三飲處。閑整六飛餘。（宮　六句寫次舊）

盛業銘汾鼎。昌期應洛書。顏陪歌賦末。留比蜀相如。（頌　奉和）

元鼎元年得鼎汾水上。相

書傳天與禹洛出書。

如用本傳獻賦事。

清麗集卷一終

吴郡許翼周鐫

子容，光天二年進士。

華，字遐叔，贊皇人，開元進士中宏詞科。

唐人五言長律清麗集卷二目錄

應試上

六韻詩四十九首

昌乞。天寶進士。
湋字洪源。河東人。寶應進士。
常字中行。大曆進士。
叔倫字幼公。潤州金壇人。官經略使。
益字君虞。姑臧人。歷官禮部尚書。
季友。爵里無攷。開寶年間以詩名者。非此人。
琮。大歷進士。
轃。大歷進士。

越裳獻白翟　孫昌乞
省試湘靈鼓瑟　錢起
省試驪珠　耿湋
求自試　竇常
館試曉聞長樂鐘聲　戴叔倫
府試古鏡　李益
玉壺氷　王季友
長至日上公獻壽　崔琮
清明日賜百寮新火　鄭轃

綬大曆進士。

澤大曆十年試東都第一。

表大曆進士。

濛與陸贄同時人。

贄字敬輿嘉興人同平章事謚曰宣。

存贄同時人。

昔大曆進士。

友直河南人結之子大曆進士。

渭字君載河中人第進士。

讓字景宣梁進士宏詞

稷貞元進士

良士貞元進士

敞建中進士

藻字偉乾莆田人貞元進士

樞順宗朝中書舍人

度字中立河東聞喜人同平章事封晉國公

康下邽人元和進士

閏月定四時　羅讓

許稷

南至日隔霜仗望含元殿爐煙

王良士

圓靈水鏡　徐敞

吴宮教美人戰　林藻

齊優開籠飛去所獻楚王鵠　崔樞

中和節詔賜公卿尺　裴度

禮部試早春殘雪　姚康

楚字慤士華原人歷官尚書左僕射。
涯字廣津歷官尚書僕射。
傳正貞元進士。
彙貞元進士。
榮貞元進士。
億字壽仙魏人咸通進士。
羽江東人貞元進士。
行敏貞元中宏詞登第。

仲素字繪之，中書舍人。
季何，貞元進士。
温字和叔，河中人，貞元進士。
居易字樂天，下邽人，太子少傅。
損之，貞元進士。
次元，貞元進士。
行簡字知退，居易弟，貞元進士。

目終

閒田見（禮記王制）（國策）狡兔有三窟。（李斯文）纖驪之馬。詎著鞭言不待鞭策而自疾馳。三驅見（易比卦）一發見（詩名南）（曹植名都篇）一縱兩

唐人五言長律清麗集卷二

吳縣徐曰璉商徵
元和沈士駿文聲　同輯

應試上

蘇頲　以下六韻

○御箭連中雙兔

宸遊經上苑，苑獵說起羽獵向閒田。狡兔初迷窟，次點兔纖驪詎著鞭。三驅仍百步，寫中雙雅切一發遂雙連。影射含霜草，翦魂消向月弦。兔歡聲動寒木，親者喜氣滿晴天。俚泛那似陳王意，空垂反托亦切

禽連。（按）上有雙兔過我前句。此兩禽即兔也。凡獸俱可稱禽。易曰從禽。禮曰獲禽。

菱花鏡名。

（韓子）楚人和氏得玉璞。獻武王。王以為詐。刖其左足。及獻文王。又刖右足。成王立。和乃抱璞而哭。王命攻

樂府篇

凡試題官不限韻者。例取題中平聲字為韻。仍必明押其字。如此題之連字。璧池望秋月之秋字是也。是為正格。

張子容

璧池望秋月

（望字唱起）（明點）

凉夜窺清洛。池空水月秋。滿輪沈玉鏡。半魄落銀鉤。（月在池底靜景）蟾影搖輕浪。菱花渡淺流。（月浮池面動景）漏移光漸潔。雲斂色偏浮。（虛寫一聯）似璧悲三獻。疑珠怯再投。（下寫）能持千里意。來照楚鄉愁。（下請）

之果得玉。拔珠詳後晴拔明珠法。能猶言可能

月賦隔千里兮共明月。

史記東井者。秦分也。

黑水見書禹貢

晉郄詵舉賢良方正第一自云桂林一枝荊山片玉。見世說

孫綽賦太虛遼廓而無閡。

結用干請。唐人習氣。但作者失之無品。閱者亦恐有嫌。何如頌揚明盛之為得也。

長安早春

首聯長安

開國移東井，方城啟北辰。咸歌太平日，共樂建寅春。

次聯早春

雪盡黃山樹，冰開黑水津。草迎金埒馬，花待玉樓人。

兩聯併寫語有次第稍嫌調複 鮮麗

鴻漸看無數，鶯歌聽欲頻。何當桂枝擢，還及柳條新。

欠老 含利見意 結工整

王維

賦得秋日懸清光（江淹望荊山詩寒郊無留影秋日懸清光）

虛摹 題面

寥廓涼天靜，晶明白日秋。圓光含萬象，碎影入閑

點光字即能懸字

楚詞據青冥而攄虹。注天也。陰、影也。殊、貼光說。謂散殊衆木之形。　登高怨用宋玉九辯意。　望遠愁用張衡四愁詩意。

流迥與青冥合，遙同江甸浮。晝陰殊衆木，斜影下（二句遠景。二句近景。句句有懸字意）

危樓。宋玉登高怨，張衡望遠愁。（又補秋字寫干請）餘輝如可托，雲路

豈悠悠。

太宗有此題五韻詩賜房元齡。第四聯云。臨波無定影。入隙有圓輝。附維清如玉壺冰詩三聯。抱明中不隱。含淨外疑虛。　按清如玉壺冰。題重清如。漫賦玉壺冰。無謂也。摩詰作。秪於落句倒找清如。法殊不合。同時盧綸作。稍能合法。而語特庸雜。故皆從刪。詩有他選所載。而集中或只採句。或竟不收者。類於此等處微志別裁。

李華

尚書都堂瓦松　通典唐龍朔二年。改尚書省爲中臺。神龍初。復爲尚書省。

潘岳秋興賦 獨展轉于華省。
鷺鸞翡翠。皆鳥名。

史記封禪書 蓬萊。方丈。瀛洲。三神山在渤海中。
淮南子 羿妻竊不死之藥。以奔月宮為姮娥。
魏武帝詩 月明星稀。烏鵲南飛。繞樹三匝。無枝可依。
帝王

都堂居中。左右分司。西陽雜俎 土木氣洩。則瓦生松。

華省秘仙蹤。高堂露瓦松。葉因春後長。（接寫松）花為雨來濃。影混鴛鴦色。光含翡翠容。（偶聯切合氣字化聯實寫）近天忻所寄。拔地歎無從。（比聯虛寫寓意）接棟臨雙闕。連甍蓋九重。寧知深澗底。霜雪歲兼封。（切合尚書都堂）

海上生明月

皎皎秋中月。團團海上生。（分破明點爽絕）影開金鏡滿。輪抱玉壺清。（寫明月工麗）漸出三山上。將凌一漢橫。（寫生字緊切海上）素娥嘗藥去。烏鵲繞枝驚。（足生字）照水光偏白。浮雲色最明。（足明字）此時堯砌下。蓂莢（結因此及彼仍從）

應試 六韻 三

世紀堯時蓂莢生於庭。十五前日生一莢十五後日落一莢。

古今注丹徼南方之極也。

古詩越鳥巢南枝。

海上落想妙切月生

正敷榮。

頌揚作結。最得體。

孫昌允

越裳獻白翟 韓詩外傳周成王時。越裳氏重九譯而至。獻白雉於周公。

聖哲符休運，伊皐列上台。覃恩丹徼遠，入貢素翬來。北闕欣初見，南枝顧未迴。斂容殘雪淨，矯翼片雲開。馴擾將無懼，翻飛幸莫猜。甘從上苑裏，飲啄自裴回。

二句原題 入題得體 寫獻字 翟之容 翟之情 二句關合

王若巖 次聯。冰晴朝映印玉羽夜飾霜

周禮雲和之瑟。注地名。九歌湘夫人帝子降兮北渚。注謂堯二女即湘夫人。史記舜崩於蒼梧之野。注引禮記同。二妃不從。湘夫人沅有芷兮澧有蘭。又建芳馨兮廡門。呂氏春秋伯牙鼓琴志在流水。屈子九章有悲回風篇。

錢起

○省試湘靈鼓瑟 天寶十年。屈子遠遊篇使湘靈鼓瑟兮。令海若舞馮夷。

善鼓雲和瑟。常聞帝子靈。（例破。二句補題）馮夷空自舞。楚客不堪聽。（指屈原）逸韻諧金石。清音發杳冥。（二句般湘靈）蒼梧來怨慕。白芷動芳馨。（二句情）流水纏湘浦。悲風過洞庭。（曲名合湘字膠粘入妙）曲終人不見。江上數峯青。（推後一層寫靈字不脫湘字）

紀事云。起初從鄉薦。居江湖客舍間。閒吟於庭中曰。曲終人不見。江上數峯青。視之無所見。明年崔暐試此題。起以為落句。人謂鬼謠也。毛西河曰。孫月峯謂省試為今鄉試。此殊不然。前代無鄉試。唐以禮部試士。即是省試。謂尚書省也。蓋鄉無省名。元以郡縣上加中書行省一官。

韓子龍頷下有逆鱗徑尺。攖之殺人。尚書考靈曜魚目入珠。搜神記隋侯救大蛇。蛇銜珠以報。徑盈寸。夜光可以燭堂。史記魏王有徑寸珠。照車前後十二乘。投人按劍。詳後暗投明珠注。

而明初因之。始改道路為省。唐未有也。况唐赴省試。必由府縣館監課其成者。然後貢赴禮部。其不由諸試進者。名曰鄉貢。則鄉與省正水火相反。豈可混稱。

耿湋

省試驪珠

莊子下金之珠。必在九重之淵。驪龍頷下。

是日重泉下。言探徑寸珠。龍鱗(驪)原不逆。魚目(珠)故應殊。掌上星初滿。盤中月正孤。(下皆寫珠字)酬恩光莫及。照乘色難踰。(以擬)欲問投人否。先論按劍無。(流水對法)(開下)儻憐希代價。敢對此冰壺。

崔曙奉試明堂火珠次聯云。夜來雙月滿。曙後一星孤。觀者盛傳。來年曙卒。遺一女名星星。人

晉書阮籍能為青白眼意所可者則以青眼視之。陳思王植有求自試表。國策平原君合從於楚毛遂請行。尚書納於大麓。孔傳言使舜大録萬機之政也。雷次宗豫章記有紫氣見斗牛間張華聞雷煥達緯象乃問之曰是寶物之精在豫章豐城遂以

悟其識詩四韻不録附識警句較掌上二句更精闢也。

賓常

求自試 但用題韻不押題字。

原題用比法點開下

仙禁祥雲合高梧彩鳳遊沉宜求自試通鑒有誰

青眼無人白頭恐誤不得不為陳王毛遂也一

收文墨無青眼詩書誤白頭陳王抗表日毛遂請

氣說下二句試字正面

行秋大録迷雷雨司空問斗牛希垂拂拭惠感激願相投

豈第三句全點題句韻字不必明押耶或當時官限如是亦未可知特非例耳

戴叔倫

煥為豐城令，掘得二劒，斗
斗氣遂滅，後劒躍入水，化
為龍。
唐地理志 大明宮在禁苑
之東，龍朔二年，改曰蓬萊
大叩見 禮記學記 干
雲詳後青雲干呂注。周
禮雞人 夜呼旦，以嘂百官。
又 鼂氏為鐘。
西京雜記 咸陽宮方鏡高
五尺九寸，能照見心膽。
庾信鏡賦 鏤五色之盤龍。
又 鳳倚花中。 周禮司

館試曉聞長樂鐘聲 按史記 長樂宮懸鐘之室。

漢苑鐘聲動，秦關曙色分。霜凌萬戶徹，風散一城聞。已啓蓬萊殿，初朝鴛鷺羣。虛心方應物，大叩欲干雲。近雜雞人唱，新傳鼂氏文。能令詞翰客，流聽思氛氳。

（下四字曉，字醒寫曉映切長樂。承曉、賦、鐘、報、聞、會、試、士。句、映、聲、句、鐘、流、水、呼、應。仍結到聞。）

李　益

。府試古鏡 官限平韻，其限字不可考。

舊是秦時鏡，今來古匣中。龍盤初挂月，鳳舞欲生風。硯濁方諸水，庭懸軒帝銅。應祥知道泰，監物覺

（按寫其形。寫鏡映試士，寫古映主司。四語說鏡之用。）

烜氏注方諸鏡屬取水。類戴軒轅氏作古鏡十二枚（尚書帝命期）桀失玉鏡注喻清明之道也。

分形分別衆形也。

金罍見（詩周南）（楚詞）瑤席兮玉瑱盍將把兮瓊芳。

神通肝膽誠難隱妍蚩信易窮幸依君子室長得免塵蒙

附秦鏡詩仲子陵句依臺月自吐張佐次聯菱花寒不落冰質夏常清

王季友

玉壺冰（鮑照白頭吟）直如朱絲繩清如玉壺冰

玉壺知素潔（分破）止水復中澄堅白（承首句）能虛受清寒（承次句）得自凝分形同曉鏡照物掩宵燈（四句總寫）璧映圓光入人驚爽氣淩金罍何足貴（尊題法）瑤席幾回升（言合升瑤席起下）正值求珪瓚（映切妙）提攜共飲冰

十一月斗柄建子。【周禮】保章氏以十有二風察天地之和。【衛宏漢舊儀】晝漏盡夜漏起省中用火中黃門持五夜五夜甲乙丙丁戊也。【三輔黃圖】漢武帝作建章宮度為千門萬户。虎貔避廟諱作武。恰與文物對。

崔琮

長至日上公獻壽【唐禮樂志】冬至日。受羣臣朝賀。皇帝即御座。上公一人詣西階席。北面跪賀。尚食設壽尊於殿上。光祿卿請賜羣臣上壽。上公詣酒尊所北面尚食酌

應律三陽首。朝天萬國同。斗邊看子月。臺上候祥風。（長至　獻壽　二句寫長至）

五夜鐘初動。千門日正融。玉階文物盛。仙仗武貔雄。（四句寫朝堂景象為獻壽作引）

率舞皆羣辟。稱觴即上公。南山為聖壽。長對未央宮。（二句題面　點醒　結出壽字）

五夜四句開。率舞四句合。篇法自排蕩。但試體第三聯宜正寫題面。此用開筆。非穩格。張叔

論語改火何晏注春取榆柳之火

四隣見雲書益稷

晉書輿服志搢紳之士者搢笏而垂紳帶也

良詩三聯日至龍顔近天旋聖歷昌兩層雙闕傑句也

鄭轅

清明日賜百寮新火 韋愼徽成鎬故事清明日尚食内園官小兒於殿前鑽新火先進者賜絹三疋尋以新火賜宰臣以下

改火清明候優恩賜近臣漏殘丹禁曉燧發白榆新瑞彩來雙闕神光煥四隣氣回侯第煖烟散帝城春利用調羹鼎餘輝燭搢紳皇明如照隱願及聚螢人

（賜之始　槐　本位　賜之旣　火之用　望賜之意）

史延詩四聯翠烟和柳嫩紅焰出花新王翟詩四聯焰迎紅藥發烟染綠條春韓濬詩四聯更

失真。即太璞不完意。

謝承後漢書孟嘗為合浦太守。郡舊採珠。先時二千石貪穢。珠忽徙去。嘗化行一年。去珠復還。列子珠玉無脛而走。

調金鼎味還燮玉堂人

獨孤綬

◎沉珠於泉

東都賦捐金於山。沈珠於淵。陸賈新語舜捐珠於五湖之淵。以塞淫邪之路。按淵改泉。避高祖廟諱。

至道歸淳樸。明珠被棄捐。失真來照乘。成性却沉泉。不是靈蛇吐。非緣合浦還。岸旁隨月落。波底共星懸。致遠終無脛。懷貪遂息肩。欲知恭儉德。所寶在惟賢。

題旨 題面 陪句 折出沉泉 觀撤法 形容法 自況句 句劣 結出正意應 首句

獨孤良器詩四聯深看星并入靜向月同孤

上日。見書舜典

漢書西域傳贊。孝武造甲乙之帳。王少頭陀寺碑。元關幽鍵。感而遂通。楚詞。青雲衣兮白霓裳。左傳。鳳鳥氏歷正也。注。鳳知天時。故以名。　霓裳句。謂神去。鳳歷句。謂天曉。并切元日。

丁澤

○主上元日夢王母獻白玉環（竹書紀年。帝舜九年。西王母來）

朝。獻　白環。

四句敘夢○雪亮

○夢中朝上日。闕下拜天顏。彷彿瞻王母。分明獻玉環。○靈姿趨甲帳。悟道契元關。似見霜華白。如看月彩彎。霓裳歸物外。鳳歷曉人寰。仙聖非相遠。昭昭寤寐間。

獻之象　獻之故　白

環○○○既○獻○後○○○　東　仍

以夢○字結

王表

○賦得花發上林（三輔故事）大曆十四年。侍郎潘炎試。上林連綿四百里。

〔蕐虞賦〕夕景潛而且融。

上苑春何早，繁花已滿林。笑迎明主仗，香拂美人簪。（二句花發）地接樓臺近，天垂雨露深。（二句上林）晴光來戲蝶，夕景動棲禽。（二句總承點染）欲托淩雲勢，先開捧日心。試看桃李樹，何處不成陰。（自寓干請意用推開說極高）

竇常詩次聯：色浮雙闕近，春入九門深。獨孤綬詩次聯：無言向春日，閑笑任年華。周渭詩四聯：淨時空結霧，疎處未藏禽。

張濛

曉過南宮聞太常清樂 南宮註詳應制六韻。〔唐書禮樂志〕清商伎者，隋清樂也。

中記太常唐曰司禮寺。曰禮院。金奏見左傳。三輔遺事長安八街九陌。周禮大司樂注肆夏樂章各有殺而無辭。漢禮樂志帝嚳作五英。離騷款秋冬之緒風。揚雄長楊賦歌投頌吹合雅。周禮九奏乃終謂之九成。

玉珂經禮寺金奏出南宮雅調乘清曉飛聲向遠（過　清樂　從樂合曉　引起）

空慢隨飄去雲輕逐度來風迴出重城裏傍聞九（四句寫清樂即寫聞　點醒）

陌中應將肆夏比更與五英同一聽南熏曲因知（此擬法　聞字頌結）

大舜功

陸贄

曉過南宮聞太常清樂（揭全題　曉　聞樂）

南宮聞古樂拂曙聽初驚烟靄遙迷處絲桐暗辨（樂之殺寫清字　樂之感）

名節隨新律改聲帶緒風輕合雅將移俗同和自（兼括全題總收　曉字　清字）

感情遠音兼曉漏餘響過春城九奏明初日寥寥

漢書禮樂志天馬來。歷無草。徑千里。循東道。拾遺記穆王八駿。絶地。翻羽。奔霄。起影。踰輝。超光。騰霧。挾翼。漢書李廣利為貳師將軍。伐大宛。求善馬。

天地清。（結）

附令狐峘釋奠日國學觀禮聞雅頌詩五聯澄泊調元氣中和美聖君

周存

西戎獻馬　唐會要貞觀二十一年。骨利幹遣使朝貢。獻良馬百匹。

（點題）（原題）

天馬從東道。皇威被遠戎。來參八駿列。不假貳師

（承首句）（承次句）

功。影別流沙路。嘶迎上苑風。望雲時躞足。向月每

（正寫獻）（獻後）

開駿稟異才。難敵標奇志。豈同驅馳。如見許千里

（下為自己寫照）

丁朝通

張昔

史記建章宮東鳳闕，高二十丈

王融詩曖芳歩青闕。

小苑春望宮池柳色 官韻晴字

○龍宮池○——次出柳○——對而起

小苑春初至皇衢日更清遥分萬條柳迥出九重

○望——四句從○柳合宮池得○望○字○意○

城隱映龍池潤參差鳳闕明影宜宮雪曙色帶禁

○○——單寫○柳色○

煙晴深淺殘陽變高低曉吹輕年光正堪折欲寄

一枝榮

元友直

小苑春望宮池柳色

柳色新池遍春光御苑晴葉依青闕密條向碧流

頂柳色宮池

傾路暗陰初重波搖影轉清風從垂處度烟就望

四句摹景○遥出望字

玉燭寶典元日至晦日為酺食士女湔裙度厄。醵見禮記禮器注欽錢飲酒也。

中生斷續游絲聚飄颻戲蝶輕怡然變芳節願及一枝榮

點染　收春　收　柳

呂渭

皇帝移晦日為中和節（唐李泌傳泌請廢正月晦日以二月朔日為中和節因賜大臣戚里尺謂之裁度）

皇心不向晦改節號中和淑氣同風景嘉名別詠歌湔帬移舊俗賜尺下新科歷象千年正酺醵四海多花隨春令發鴻度歲陽過天地齊休慶歡殽欲盪波

精傑　開合　兩聯紀事　寫景

程大昌演繁露疇人者籌人也以算數名 後漢律歷志為一月六餘以除一歲日為一月之數月之餘分積滿其法得一月月成則其歲月大置十二中以定月位有朔而無中者以為閏月 太元經調律者度律為琯葭莩為灰 書孔傳歷象日月星辰有文明之序故以閏三年推步與三年大比相照

宜將中和字發揮

一兩聯方切實

羅讓

閏月定四時 見尚書堯典

月閏隨寒暑疇人定職司餘分將考日積算自成

承明置閏以定時

時律候行宜表陰陽運不欺氣熏灰琯驗數扐卦

言時定則歲成

四句置閏之法典

辭推六歷文明序三年步暗移當知歲功立唯是

核

明精偏對巧連結句隱照試事

奉無私

許稷

閏月定四時

後漢律歷志候氣之法，殿中用玉律十二。
六旬見書堯典。四氣見禮記樂記。
月桂，譯月中桂題注。
西都賦疏龍首以抗殿。
南史梁武帝紀仰廹上元之眷。

玉律窮三紀。推為積閏期。月餘因妙算。歲徧自成時。作覺年華改。翻憐物候遲。六旬知不忒。四氣本無欺。月桂虧還正。階蓂落復滋。從斯分歷象。共仰定毫釐。

以上完題。年改而物尚遲，所以當閏。四句言置閏本因其自然，精切。照試事。

王良士

南至日隔霜仗望含元殿爐煙

唐六典丹鳳門內正殿曰含元。

破含元殿。

抗殿疏龍首。高臺接上元。節當南至日。星是北辰天。霜戟羅仙仗。金爐引御烟。氤氳雙闕麗。縹緲九

承出南至日。霜仗爐烟。接爐烟合殿字寫。

得望中情景
門連拂曙祥光滿分晴瑞色鮮一陽今在歷引領
暗收
仰陶甄
望字
題事既多逐層鋪
敘可備長題一法

徐敞

圓靈水鏡（謝莊月賦柔祇雪凝圓靈水鏡注圓靈天也）

浮光上東洛揚彩滿圓靈明滅淪江水盈虛逐砌
蓂不分沙岸白偏照海山青練色臨窓牖蟾光靄
户庭成輪疑璧影初魄類弓形遠近凝清質娟娟
出衆星

太公六韜。一曰龍韜。

以上句例看。題謂天得月光。如水之清明能鏡物耳。水字已是取象。鏡字尤當活看。唐人詩。竟說月光照水如鏡。是不特以虛字俱解作實字。即圓璧亦無著落矣。此首及張聿作看題俱未的。而聿詩尤著迹。以傳選已久。姑存此首。

林藻

。吳宮教美人戰（史記）孫武以兵法見吳王。王出宮中美人。孫子分為二隊。以王寵姬為隊長。約束而鼓之。婦人笑。復三令五申而鼓之。又笑。孫子乃斬隊長二人以狗。吳王知孫子能用兵。卒以為將。

强吳矜覇略（緣起）講武在深宮（冒題）玉貌承軍法（交互點題）龍韜試女戎揮戈羅袖卷（賦其形）擐甲汗裝紅掩笑分旗下（賦其情）含羞入

隊中鼓停行未整（敘事）刑舉令方崇自可威（收應）隣國何勞
騁戰功

崔　樞

齊優開籠飛去所獻楚王鵠（史記滑稽傳）齊王使淳于髠獻鵠于楚。出邑門。飛其鵠。揭空籠見楚王曰。臣過水上。不忍鵠之渴。出而飲之。去我飛亡。吾欲刺腹而死。恐人議王以鳥獸之故殺士也。欲買而代之。是欺吾王也。欲奔他國。痛吾兩主使不通。故來叩頭受罪。王曰。善。齊有信士若此哉。厚賜之財。倍鵠在也。（指齊優）（鵠飛去）

受命籠齊鵠交歡獻楚王惠心先巧辨戢羽見廻

○兩辦鵠飛正○面 ○○○○○○○○

翔意適清風遠憂除白日長度雲搖舊影過樹閱

漢武黃鵠歌金為衣兮菊為裳　玉節見周禮掌節

尚書天降割於我家不少延洪惟我幼沖人孔傳以延洪作句釋云延長也洪大也借尺意以祝聖壽最有關合後人改南山遂成套語

新芳冉冉金衣杳翩翩玉節將誰言滑稽理千載（東上　還題旨　推闢結）
戒禽荒

裴度

中和節詔賜公卿尺（詳見皇帝改晦日題注）

陽和行慶賜尺度及羣公荷寵承佳節傾心立大（承首句　承次句）
中短長思合製遠近貴攸同共仰財成德將酬分（項大中句寓　感詔賜開合尺）
寸功作程施有政垂範播無窮願續延洪壽千春（頌詔賜）
奉聖躬

姚康

珪。
謝惠連雪賦既因方而為
梁何遜詩若逐微風起誰
云非玉塵 汝南先賢傳
袁安字邵公大雪積地丈
餘洛陽令行至其門無有
路令人除雪入戶見安僵
臥問何以不出曰大雪人
皆餓不宜干人令以為賢
舉孝廉

禮部試早春殘雪

八句殘雪

微暖春潛至輕明雪尚殘銀鋪光漸濕珪破色仍

○、切、早、春、試○體、不、嫌、其、纖○

寒無柳花常在非秋露正團素華浮轉薄皓質駐

○、、、、、○就○題○翻○用○古○事○

應難幸得依陰處偏宜帶月看玉塵銷欲盡窮巷

○寓○意○絕高

起袁安

裴乾餘詩五聯曲檻霜凝砌疎篁玉碎竿施肩吾四聯花分梅嶺色塵減玉階寒祖詠試終南積雪云終南陰嶺秀積雪浮雲端林表明霽色城中增暮寒甫四句即納於有司或詰之曰意盡此破例用二韻且不用題字俱不可訓而詩頗佳附識于此

令狐楚

史記郁郁紛紛。蕭索輪囷。是謂慶雲。

青雲干呂（東方朔十洲記）天漢三年。月氏國獻神香。使者曰。國有常占。東風入律。百旬不休。青雲干呂。連月不散。意中國有好道之君乎。

切、干、呂、

郁郁復紛紛。青霄干呂雲。色令天下見。候向管中分。遠覆無人境。遥彰有道君。瑞容驚不散。冥感信稀聞。湛露羞依草。南風恥帶熏。恭惟漢武帝。餘烈尚氛氲。

題旨　題面

襯撇法　叙題事

王　涯

○九月九日勤政樓下觀百寮獻壽（唐禮樂志）賜宴設酺會於勤政樓。

王融曲水詩序時乘既位御氣之駕翔焉禮記月令季秋之月鞠有黃華

水經注衛叔卿常乘雲車駕白鹿洞冥記赤色者鳳青色者鸞抱朴子松樹三千歲皮中如龍形

御氣黃花節臨軒紫陌頭早陽生綵仗霽色入仙樓獻壽皆鵷鷺瞻天盡冕旒菊尊過九日鳳歷肇千秋樂並熏風起杯疑曲水流年年歌舞度此地慶皇休

承首句 承次句 百僚 賦九日 賦獻壽 賜宴設酺

范傳正

謝真人仙駕過舊山

仙經有謝仲初真人得道還山事

麾蓋來仙府笙歌入舊山水流丹竈缺風起草堂關白鹿行為衛青鸞舞自閒種松鱗未老移石蘚成斑望路烟雲外迴輿嶺岫間笑他遼海上空見

仙駕 過 二句寫舊山清雋 根首聯 根次聯 應仙府 既過而歸 觀撇法

搜神記遼陽城東門有華表柱忽有白鶴來集曰有鳥有鳥丁令威去家千歲今來歸城郭如故人民非

水經注肅若冰谷。楚詞光風轉蕙氾崇蘭些

羽衣還

張彙

制試賦得春風扇微和 咸通中宏詞科題毛西河云此名制科進士今以禮部試稱制科非是陶淵明擬古詩日暮天無雲春風扇微和

木德生和氣微微入曙風暗催南向葉漸翥北歸鴻澹宕侵冰谷悠揚轉蕙蘩拂塵廻廣路吹籟過遥空暖上烟光際雲移律候中扶揺如可借從此戾蒼穹

陳通方詩三聯池柳晴初坼林鶯暖欲飛范傳正詩次聯吹搖新葉上光動淺花中

江淹詩丹巘被蔥蒨
謝朓詩雜英滿芳甸

豆盧榮

賦得春風扇微和

春晴生縹緲，軟吹和初遍。池影動淪漪，山容發蕙（着眼扇字）
蒨。遲遲入綺閣，習習流芳甸。樹杪颺鶯啼，階前落（秀麗）
花片。韶光恐閒放，旭日宜遊宴。文客拂塵衣，仁風
願迴扇。

此與張謂之日落山照耀、郭邕之洛出書，皆題中有平平聲字，而故用仄韻者，在唐人原有平仄用韻之例，要不可效。是題有崔立之一首，韻平語拗，以拗體律詩應試，尤好奇之過也，不錄。

公乘億

史記斗魁戴匡六星曰文昌宮。葛洪西京雜記漢以武都紫泥爲璽室，加綈其上。漢百官公卿表二千石以上皆銀印青綬。史記天官書注後勾四星爲四輔。莊子傅說相武丁，奄有天下，乘東維，騎箕尾，而比於列星。漢書馮唐傳爲中郎署長，事文帝。帝輦過，問曰：父老何自爲郎？注言年已老矣，何乃自爲郎也。委珮見禮曲禮。楚詞冠切雲之峩峩。

賦得郎官上應列宿

漢書館陶公主爲子求郎，明帝不許，謂羣臣曰：郎官上應列宿，出宰百里，苟非其人，則民受其殃，是以難之。

映切列宿。

北極佇文昌，南宮曉拜郎。紫泥乘帝澤，銀印佩天光。

點郎官。寫郎官關合列宿。

緯結三台側，鉤連四輔傍。

實寫應列宿。

佐商依傳說，仕漢笑馮唐。

委佩搖秋色，峩冠帶曉霜。

又從服飾縱染。

自然符列象，千古耀巖廊。

點出上應。

毛西河曰：一起絕不似制題，但以清壯之氣行之，此三昧法也。

陳羽

中秋夜臨鏡湖望月

會稽記漢順帝永和五年，會稽太守馬臻，創立阮籍詩秋月復嬋娟。

易通卦驗狀似車蓋。

鏡湖。

兩句點題包括妥貼

鏡裏秋宵望湖平月彩深圓輝珠入浦浮照鵲驚

六句湖月夾寫

林檐動光還碎嬋娟影欲沈遠時生岸曲空處落

作意生雋

波心逈徹輪初滿孤明魄未侵桂枝如可折何惜

二句渾寫月

夜登臨

不漏臨字家

李行敏

省試觀慶雲圖 唐德宗時。澤州刺史李鷃上慶雲圖。

剔字起

頂慶雲足一聯

縑素傳休祉丹青狀慶雲非烟凝漠漠似蓋乍紛

是圖上之雲是絹時情是實處皆虛

紛尚駐從龍意全舒捧日文光因五色起影向九

淮南子 吾與汗漫期於九垓之上。

笙歌句運化本事。城郭句用丁令威事。詳見前。
鮑昭舞鶴賦 疊霜毛而弄影。文 鍾浮曠之藻質。

霄分垂象留嘉瑞披圖賀聖君寧同窺汗漫方此覩氛氳

收雲 收圖 反托圖 亦醒觀

張仲素

緱山鶴

列仙傳 周靈王太子晉好吹笙作鳳鳴後告其家曰七月七日待我於緱氏山頭及期果乘白鶴謝時人而去

四句題向 殘雲片雲

羽客驂仙駕將飛駐碧山映松殘雪在度嶺片雲還清唳因風遠高姿對水閒笙歌憶天上城郭歎人間幾變霜毛潔方殊藻質斑迢迢煙路逸奮翮詎能攀

俱指鶴 二句題意 美鶴之能仙 自謂

十洲記蓬萊山圓海繞之惟飛仙能到其處

李季何

立春日曉望三素雲（脩真入道秘言立春日清朝北望有紫緑白雲為三元君所駕之雲名三素雲）

靄靄青春曙。飛仙駕五雲。浮輪初縹緲。承蓋下氛氳。薄影隨風度。殊容向日分。羽旌紛共遠。環珮杳猶聞。靜合烟霞色。遥將鸞鶴羣。年年瞻此節。應許從元君。

八句寫雲

二、聯、薰、望、字、意、

暗出望字

呂温

白雲起封中（漢書武帝封泰山。晝有白雲入封中。）

尸子太山頂三峰。一曰日觀。漢官儀太山東上七十里至天門。韓詩外傳顏回從孔子登泰山望吳閶門見一匹練孔子曰馬也

莊子虛室生白

封開白雲起漢帝坐齋宮望在泥金上疑生秘玉

中欑柯初繚繞布葉漸蒙籠日觀珠光合天門練

影通無心還出岫有勢欲凌風儻遣成膏澤從茲

徧太空

白居易

宣州試牕中列遠岫　謝朓宣城郡齋閒坐詩牕中列遠岫庭際俯喬林。

天靜秋山好牕開曉翠通遙憐峰窈窕不隔竹朦（承首句）（承次句）

朧萬點當虛室千重疊遠空列檐攢秀氣緣隙助（賦其形）（賦其神）

陸機文賦水懷珠而川媚

月入二句言濁水有珠難見惟月星映入疑似珠耳甚言不易求以起下文

清風碧愛新晴後明宜反照中宣城郡齋在望與古時同

（賦其色）（點出謝朓）

王損之

賦得濁水求珠　抱朴子識珍者必拾濁水之明珠賞氣者必採穢藪之芳蕙

積水非澄澈明珠不易求依稀沈極浦想像在中流瞪目思清鑒褰裳恨暗投徒看川色媚空愛夜光淨月入疑龍吐星歸似蚌遊終希識珍者採掇恣冥搜

（主意）（龍求）（六句求之不易）（仍歸到求寓意）

應鐘律四寸六分。（後漢律曆志）候氣之法，為室三重，密布緹縵。（呂氏春秋）黃帝命伶倫取竹嶰谷，為十二筩。（史記歷書）秦自以為獲水德之瑞，正以十月。（禮記月令）季秋之月，其音商。孟冬之月，其音羽。

裴次元

律中應鐘（禮記月令）孟冬之月，律中應鐘。

六句正賦題面之字字精切

律窮方數寸，室暗在三重。伶管灰先動，黍正節已逢。商聲辭玉笛，羽調入金鐘。密葉翻霜彩，輕冰斂水容。望鴻南去絕，迎氣北來濃。顧托無凋性，寒林自比松。

四句寫景 切孟冬 結泛 拙

白行簡

春從何處來（吳均春詠）春從何處來，拂水復驚梅。

竟實對以所從來 二句初來

欲識春生處，先從木德來。入門潛報柳，度嶺暗驚郊騎。謂迎春於東郊之列騎。史記天官書斗杓攜龍角。

莊子齕草飲水。翹足而立。馬之智也。洞冥記修彌國有馬如龍。騰虛逐日。古今注秦始皇馬曰追風。卓文君白頭吟躞蹀御溝上。潘岳藉田賦龍驤騰驤而沛艾。鼓鼙見禮記樂記

○六句既來○梅透雪銀光散消冰水鏡開曉迎郊騎發夜逐斗杓迴淑氣空中變新穀雨後催偏能調律呂應是候陽臺（○言其應候而至）

省試歸馬華山（書武成歸馬於華山之陽）

牧野功成後周王戰馬閒（叟閑雅切）馳驅休伏皁飲齕任依山逐日朝仍去追風暮自還冰生疑隴坂葉落似榆關（旁覜華山）躞蹀仙峰下騰驤渭水灣（正寓切華山）幸逢時偃武不復鼓鼙間

○李都尉重陽日得蘇屬國書（文選有李陵答蘇武書。唐李周

古詩：遺我雙鯉魚，中有尺素書。

翰注曰：漢書曰：陵降後，與蘇武相見匈奴
中，及武歸，為書與陵，令還漢。今考漢書無
武與陵書事，而此題且有重陽日得書，不
可解。唐人慣以小說家事命題，不足憑也。

從重陽說入　落出得

降虜意何如，窮荒九月初。三秋異鄉節，一紙故人

書　四句重陽得書分寫

書。對酒情無極，開緘思有餘。感時空寂寞，懷舊幾

窮荒九月之景　頷上情思仍挽

躊躇。雁盡平沙迥，煙銷大漠虛。登臺南望處，掩淚

得書然　然

對雙魚。

清麗集卷二　終

衆仲爵里無考。

邁元和進士。

合陝州峽石人元和進士。

郁元和間人。

防義興人翰林學士。

存約長慶進士。

唐人五言長律清麗集卷三

應試下

六韻詩三十八首

夷直字禮卿河東人終散騎常侍。
輅崇文館校書郎。
景隴西人文宗朝進士。
可復起之孫禮部郎中。
肇字子發袁州人會昌進士。
元輿婺州東陽人同平章事。
戴字虞臣會昌進士。
體仁趙人江州刺史。

觀淬龍泉劒　裴夷直

亞父碎玉斗

緱山月夜聞王子晉吹笙　鍾輅

都堂試貢士日慶春雪　李景

翰林試鶯出谷　錢可復

風不鳴條　盧肇

　舒元輿

府試觀開元皇帝東封圖　馬戴

飛鴻響遠音　李體仁

宣卿，字仲節，封州人，大中間舉第一。

喬，池州人，咸通進士。

谷，字守愚，袁州人，歷都官郎中。

荀鶴，字彥之，池州人，大順二年第一人擢第。

滔，字文江，莆田人，擢進士。

翰卿，大中咸通間人。

謂，爵里無攷，字正言，登天寶進士者，非此人。

邕爵里無攷。
杞爵里無攷
翃字載物閩人大歷進士
洞字才江諂王孫
友正以下爵里俱無攷。

洛出書　郭邕
風光草際浮　裴杞
省試龍池春草　陳翃
李洞
錦帶佩吳鈎　張友正
日暖萬年枝　王約
郭求
月夜梧桐葉上見寒露　戴察
秋山極天淨　朱延齡

寅陳郡人應宏詞舉。
鐸爵里無攷。
濯上元進士。

存誠字濟明，河東人，御史中丞。
商隱字義山，懷州河內人，檢校工部員外郎。
良器會昌進士。

東都父老望幸　薛存誠

賦得月照冰池　李商隱

河出榮光　張良器

西戎即叙　失名

唐人五言長律清麗集卷三

吴縣徐曰璉商徵
元和沈士駿文聲　同輯

應試下

錢衆仲

○貢院樓北新栽小松〔李肇國史補〕開元二十四年考功郎中李昂爲士子所輕詆天子以郎署權輕移職禮部始置貢院

愛此凌霜操（松）移來獨占春（新栽）貞心初得地（暗寓貢院）勁節始依人（切而渾）寵月烟猶薄（四句賦小）當軒色轉新枝低無宿雨葉静不（體物精細）

家語與善人居如入芝蘭之室久而不聞其香與之俱化矣

漢書郊祀志方士言黃帝時爲五城十二樓以候神人

史記武帝於建章宮北治大池名曰太液

留塵每與芝蘭近常懃雨露均幸因逢顧盼生植　究轉貢院　結稍鬆

及兹辰

李正封詩次聯尚帶山中色猶含洞裏春

滕邁

春色滿皇州（謝朓和徐都曹出新亭渚詩宛洛佳遨遊春色滿皇州）

先攀春色一筆　暁出題

藹藹復悠悠春歸十二樓最明雲裏闕先滿日邊

下鋪寫題面

州色媚青門外光搖紫陌頭上林縈舊樹太液鏡

新流暖帶祥烟起晴添瑞景浮陽和如啟蟄從此

繳題

上文

事芳遊

西都賦軼埃𡏖之混濁。

姚合

月華臨靜夜

（沈約應王中丞詠月詩「月華臨靜夜，夜靜滅氛埃」。四聯題面，語有次第）

長空埃𡏖滅，皎皎月華臨。色麗秋將半，光凝夜自深。（項○四○野○○項○九○）九霄晴更徹，四野氣難侵。靜照遙山出，孤明列宿沈。（霄○）（繞題後）高人應不寐，驚鵲復何心。漏盡東方曉，佳期何處尋。

附熊孺登日暮天無雲詩三聯：漸吐星河色，遙生水木煙。

焦郁

白雲向空盡

莊子：道不游太虛。注：天也。

陸機詩：攬之不盈手。

阮籍詩：薄帷鑒明月。

白雲生遠岫，搖曳入晴空。乘化隨舒卷，無心任始終。欲銷仍帶日，將斷不因風。勢薄飛難定，天高色易窮。影收元氣表，光滅太虛中。儻若從龍去，還施潤物功。

欲盡不盡之致

四語刻劃盡字

排開

蔣防

秋月懸清輝

秋月凌霄漢，亭亭委素輝。山明桂花發，池滿夜珠歸。入牖人偏攬，臨枝鵲正飛。影連平野淨，輪度曉雲微。晶晃浮輕露，裛回映薄帷。此時千里道，延望

稍複入編

漢武內傳仙家上藥有元霜絳雪

獨依依

趙存約

鳥散餘花落 謝朓遊東田詩魚戲新荷動鳥散餘花落

前一層說入 知題

春曉游禽集幽庭幾樹花棲來驚艷色飛去墮晴

句粘內層 句偏粘 寫花落解題

霞翅拂繁枝落苔肴散蕊加彩雲飄玉砌絳雪下

妝鳥散 妝花落

仙家接葉音初靜迴風舞尚斜空階瞻亂久應共

惜年華

孔温業詩四聯來往驚翻電經過想散霞

裴夷直

列子周穆王得西戎昆吾劍，切玉如泥。莊子干將之劍，剸鍾無缺。吳均詩玉鞭蓮花劍。淮南子寶劍之色如秋霜。潘尼武庫賦大刀寶劍，煉質於昆吾之竈。漢書高帝以三尺取天下。杜甫詩騎突劍吹毛。舊注引吳越春秋干將之劍能決吹毛游塵。按本書無此語。

○觀淬龍泉劍 越絕書楚王名風胡子觀區冶作劍，名龍淵，以其水可淬劍也。

歐冶將成器，風胡幸見逢。發硎思剸玉，投水化爲龍。不復藏深匣，終期用剸鍾。蓮花生寶鍔，秋日厲霜鋒。鍊質纔三尺，吹毛過百重。龔磨如不倦，提握願長從。

（既、淬、後、二句、流、水、）（淬字精彩）

●亞父碎玉斗 史記項羽本紀沛公鴻門宴出，以玉斗一雙獻范增。增拔劍撞玉斗碎之。

雄謀竟不決，寶玉將何愛。倏爾霜刃揮，霎若春冰碎。飛光動旌旗，雜響震環珮。霜摧繡帳前，星流錦

（來龍）（點明）（虛寫）（實寫）

[校]增曰、吾屬今爲虜矣。

[枕中書]元都玉京、在大羅天上。

筵內霸主業已虛爲虜語空悔獨有青史中英風冠千載○

申明其故○引起末聯

一氣旋折、有刀揮不斷之妙、用仄韻、以題無平聲字也、錄以舉例。

鍾輅

緱山月夜聞王子晉吹笙 註詳緱

點題字○字清出

月滿緱山夜風傳子晉笙初聞盈谷遠漸聽入雲

○點聞字 山鶴領下○ ○反托○

清杳異人間曲遥分鶴上情孤鸞驚欲舞萬籟寂

間者之情○ 反結關○合落

無聲此夕留烟駕何時返玉京唯愁音響絕曉色

第○

出都城

漢官儀省中皆胡粉塗壁曰粉署。老子金玉滿堂。誤曲用白雪意。按吳志周瑜精音樂時人語曰曲有誤周郎顧。謝莊雪賦既因方而為珪。又曹風以麻衣比色。按唐制試士服麻衣借詩。

朱慶餘詩中六句韻流多入洞聲度半和雲拂竹鸞鶯侶經松鶴舞羣蟾光聽處合仙路望中分

李景

〇都堂試貢士日慶春雪

密雪分天路（倒破）羣才坐粉廊（寫雪）霭空迷晝景臨宇借寒（虛景）光似曖花融地（實景）無穀玉滿堂（工絕）灑詞偏誤曲留硯不（四句渡又閑）因方幾處曹風比何人謝賦長（點春字）春暉早相照莫滯九衢旁

通首合寫作法最精。

求友遷喬。並見詩小雅
魏文帝紀注。芳林園。齊王芳即位。改曰華林。漢武故事。上起神屋。前庭植玉樹。

錢可復

○翰林試鶯出谷 官限春字

劉禹錫嘉話錄。今謂登第爲遷鶯。蓋本毛詩伐木丁丁四句。然並無鶯字。項試早鶯求友及鶯出谷詩。別無証據。豈非誤與。

玉律陽和變。時禽羽翮新。載飛初出谷。一囀已驚人。拂柳宜煙暖。衝花覺露春。迎風翻翰疾。向日弄吭頻。求友心何切。遷喬幸有因。華林饒玉樹。棲託及芳晨。

盧肇

○風不鳴條 董仲舒雨雹對。太平之世。風不鳴條。開甲散萌而已。

青律。用東風入律意。詳青雲干呂注。風賦起於青蘋之末

西京賦五緯相汁以旅於東井。注金木水土火五星也。

習習和風至柔條詎自鳴暗通青律起遠傍白蘋（二句扶寫風字）

生拂樹花仍落經林鳥不驚幾牽蘿蔓動潛惹柳（兩聯寫題面十字光無痕）

絲輕入谷迷松響開窗失竹聲熏絃方在御萬國（又從有聲處聽入無聲）

仰皇情

舒元輿

風不鳴條

五緯起祥飇無聲識聖朝稍開含露蕊纔轉惹烟（風初起處）

條密葉應潛長低枝且暗搖林間鶯自囀花下蝶（實賦不鳴　反逼）

微飄但偃緣堤草能扶出水苗太平無一事天外

〔上林賦〕建翠華之旗。〔漢武帝紀〕上登封泰山。〔儀禮〕天子拜日於東門之外。

奏虞部

馬　戴

府試觀開元皇帝東封圖〔唐明皇紀〕開元十二年十一月庚寅封於泰山。

儼若翠華舉，登封圖乍開。（喝句得神）

冕旒明主立，冠劍侍臣陪。（接寫登封觀圖指數語）

迹類飛仙去，光同拜日來。（承上言迹己往，圖如新）

粉痕疑檢玉，黛色訝生苔。（從圖合東封）

掛壁雲將起，凌風仗若迴。（圖字添毫）

何年復東幸，魯叟望悠哉。

李體仁

〔十洲記〕建禮門即尚書下舍門

○飛鴻響遠音〔謝靈運登池上樓詩〕潛虬媚幽姿飛鴻響遠音

漠漠微霜夕翩翩出渚鴻清聲流曠野高韻入寥空逸翮經寒塞殘音度遠風縈雲猶類網避月尚疑弓凡響雖能振丹霄竟未通欲知依戀意聽取暮烟中

莫宣卿

百官乘月早朝聽殘漏

建禮儼朝冠重門耿夜闌碧空蟾魄度清禁漏聲殘候曉車輿合凌霜劒佩寒星河猶皎皎銀箭尚

(傅咸擬天問)月中何所有。白兔擣藥。(演繁露)卻詵試東堂自云桂林一枝荊山片玉東堂者。晋室之正殿也。

戯偏

珊珊杳靄祥光起霏微瑞氣攢忻逢明聖代長願

虛寫

收到

題首

接鵷鸞

張喬

華州試月中桂(虞喜安天論)俗傳月中仙人桂樹

與月轉洪濛扶疏萬古同根非生下土葉不墜秋

倒破突兀

六句正寫思巧語工

風結蕊圓時足低枝缺處空影超羣木外香滿一

輪中未種丹霄日應虛白兔宮何時同片玉散植

兩聯二氣旋折寓意絕高

在堂東

顧封人詩次聯能齊大椿長不與小

山同四聯戲盈寧委露搖落不關風

〔顏延之詩〕水國周地險。
古樂府有拜新月篇。
〔晉庾亮傳〕在武昌，嘗乘月夜登南樓。

鄭谷

京兆府試殘月如新月

榮落何相似，初終卻一般。猶疑和夕照，誰信墮朝寒。水國輝華別，詩家比象難。佳人應誤拜，樓烏反求安。屈指期輪滿，何心謂影殘。庾樓清賞處，吟徹曙鐘看。

（暗點）（實寫如字）（虛寫如字）

杜荀鶴

御溝新柳〔古今注〕長安有御溝，垂楊蔭其上。

律到九重春，溝邊柳色新。細籠穿禁水，輕拂入朝

（輕倩）

荆楚歲時記江淮間家家種柳，寒食折以插門。開河記隋大業年開開河築堤，遍植楊柳，名曰隋隄。三秦記昔有黑龍從南山出飲渭水。駱賓王詩斜望黑龍津。

人日近韶光，早天低聖澤。（御溝）匀谷鶯棲未穩，（斷字）宮女畫難眞。（言有也）楚國空搖浪，隋隄暗惹塵。（然不可用，開筆作襯）如何帝城裏，先得覆龍津。（合題）

李觀中四句近映章臺騎，遥分禁苑春。嫩陰初覆水，高影漸離塵。工細絕倫。賈稜頸聯三聯托根偏近日，布葉乍迎春。秀質方含翠，清陰欲庇人。亦清穩。劉道古五聯遠和瑤草色，暗拂玉樓塵。句尤秀麗。惜並前後不稱。

黃滔

奉試春漲曲江池 唐制，登進士後，又有試，名奉試。廣韻漲，水大貌。按題意謂引使滿也。曲江池詳應制六韻。

研北雜志 久雨過雷地脉必開 司馬遷文 通邑大都

地脉寒來淺恩波注後新引將諸派水別貯大都 翻 正 擒題渾亮

春幽咽疏通處清泠迸入長漸平連杏岸旋瀾映 大句寫漲字一層深一層

樓津沙沒迷行徑洲寬恣躍鱗頎當舟楫便一附

濟川人

鄭谷詩四聯 翠低孤嶼柳香汨半汀蘋

襄州試白雲歸帝鄉 莊子乘彼白雲至於帝鄉

杳杳復霏霏應緣有所依不言天路遠終望帝鄉 將歸時寫白 正寫歸

歸高嶽和霜過遙闕帶月飛漸憐雙闕近寧恨衆 又從帝鄉寫白

山違陣觸銀河亂光連粉署微旅人隨計日自笑

古詩「盈盈一水間」

比麻衣。

童翰卿

○省試昆明池織女石 註詳應制六韻。

一片昆明石，千秋織女名。象星何皎皎，臨水更盈盈。苔掩澗裙色，波迴促杼聲。岸雲連鬢濕，沙月對眉生。有臉蓮同笑，無心鷗不驚。還如朝鏡裏，形影自分明。

（頂六句 頂首句 六句合寫 鎔鑄 六句總 寫意）

張謂

○賦得日落山照曜 謝靈運《七里瀨詩》：「石淺水潺湲，日落山照曜。」

謝靈運詩：遶峰隱半規。西京賦：篠林薄。注：草木叢生貌。靈運詩：攀崖照石鏡。

神仙傳：白石先生者，嘗煮白石為糧，故名。楚詞：紫貝闕兮珠宮。禮記月令：孟秋天地始肅。

徘徊空山下，晚晚殘陽落。圓影過峰巒，半規入林薄。（二句日落）餘光徹羣岫，亂彩布幽壑。石鏡共澄明，巖潭佐昭灼。（四句山照曜）棲禽去杳杳，晚烟生漠漠。（襯托）此意誰復知，獨懷謝康樂。（高格）

殷堯泰

府試中元節觀道流步虛

樂府解題：步虛，道家所唱，備言縹緲輕舉之美。庾信有道士步虛詞十首。

（道流說起即飽題）

元都開秘籙，白石禮先生。上界秋光淨，中元夜景清。（捐中元節）星辰朝帝列，鸞鶴步虛聲。（合到步虛）玉洞花長發，珠宮月（寓景）

神仙傳 沈羲學道於蜀。老君使玉女持金案玉杯盛藥賜羲曰。此是神丹。飲者不死。夫婦各一刀圭。

四氣即四象。兩儀謂兩儀。

最明掃壇天地肅授簡鬼神驚儻賜刀圭藥還成不死名、

收中元 收步虛

毛西河曰。此詩不用題韻。而所押第三韻。又有穀字。疑題是步虛穀。而傳本偶脫其字者。特步虛聲不得云觀。而詩中月明花發。又別無聽意。不可解。

郭邕

洛出書 句見易繫辭

德合天貺呈龍飛聖人作光宅被寰區寶書薦溫洛象登四氣順文闢九疇錯絪縕瑞彩浮左右雲儀廓徽造功不宰神行利攸博一見皇國華方知

趣 手 正 大

四句洛書

點題

斷、進、層、頌、

（楚詞）綠蘋齊葉兮白芷生。

、聖、。

禹功薄

裴　杞

風光草際浮（謝朓和徐都曹出新亭渚詩）
日華川上動。風光草際浮。交互法

澹蕩和風至芊緜碧草長徐吹遙撲翠半偃乍浮
從草。合、光、、、。從光。合草際

光葉似翻宵露蘤疑扇夕陽透迤明曲渚照耀滿
賞寫草。際、之、光、以、上。並得浮字意、結

迴塘白芷生還暮崇蘭泛更香誰知攬結處含思
泛

向餘芳、

徐鉉向映空。無定。彩。吳秘詩四
聯碧凝烟彩入紅是日華流

陳　翊

西京賦周以金隄。
招隱士蘋艸靃靡注艸弱貌靃音髓

省試龍池春草 龍池詳應制六韻。

○ ○ 實寫題面

青春光鳳苑細草徧龍池曲渚交蘋葉迴塘惹柳

○—兩聯虛寫○題景 ○ ○○切○龍○池○○○○

枝因風初苒苒覆岸欲離離色帶金隄靜陰連玉

○○ 妝草—○ 妝池 ○ 反托語○欠俊

樹移日光浮靃靡波影動參差豈比生幽遠芳馨
衆不知、

李洞

龍池春草 擬省試作

破清○題面 ○ 承足○題意

龍池清禁裏芳草傍池春旋長方遮岸全生不染

○—二句切春○ 、、、 ○ ○四○句○切○龍○池○○○

塵和風輕動色湛露靜流津淺得承天步深疑遶

〔古詩〕青青河畔草。緜緜思遠道。

御輪魚尋倒影沒花帶濕光新肯學長河畔緜緜

○　○魚○尋○艸○影○花○帶○水○光○徑○利○劃、、同、一、反○托、獨、

、切、合○

思遠人

附光化戊午省試春草碧色詩。殷文珪五聯。淺

映宮池水輕翻輦路塵上廄次聯三聯。淺深千

里碧高下一時春嫩葉舒烟際輕陰動水濱鄭

谷擬作巾六句窓紗橫映側袍袖半遮茵天借

新晴迤雲饒落日春嵐

光許處合眉黛看時顰

張友正

錦帶佩吳鉤〔鮑照結客少年場行〕驄馬金絡頭。錦帶佩吳鉤〔越絕書〕闔閭既

重莫邪。乃命國中作金鉤。

○結、懸、暗、點、佩○字、六、句、錦、

帶劒誰家子春朝紫陌遊結邊霞聚錦懸處月隨

晉書列女傳竇滔妻蘇氏織錦為迴文 列子殷帝之寶劍曰霄練晝見影而不見光夜見光而不見形 史記大宛傳匈奴取月支王頭以為飲器

雲笈七籤上清真人呼日月為七寶九華 煦嫗見禮記樂記 左思詩峭蒨青葱間 梁元帝纂要春景曰韶景 晉書荀勗自中省轉尚書人賀之勗曰奪我鳳皇池諸君何賀耶 爾雅山東曰朝

帶吳鈎分賦賓主自明

鈎絲縷迴文出雄芒練影浮葉依光裏艷霜向鍔

二句烘托 吳鈎是主故應單

中秋的皪宜驄馬煸爛映綺裘應須持報國徑取

結

月支頭

王約

日暖萬年枝

虛冒 明點與朗

靄靄彤庭裏沈沈玉砌陲初升九華日潛暖萬年

分賦 總承

枝煦嫗光偏好青葱色轉宜每因韶景麗長沐惠

襯托

風吹隱映當龍闕氛氳隔鳳池朝陽光照處唯有

近臣知

陽。

郭求

○日暖萬年枝

旭日升滇海芳枝散曙烟（承足暖字）溫和臨樹久煦嫗在條

偏陽德符君惠嘉名表聖年（日暖萬年）似承恩渥厚常屬棟（二句從暖卸枝）

梁賢生植雖依地光華只信天（從枝合日精彩）不才慙弱植徒望

沐榮先（敘）

鄭師真詩五聯涼露

袪宵潤熏風帶午吹

戴察

月夜梧桐葉上見寒露

宋史樂志金行季晚玉露長清

江淹賦秋露如珠

蕭踈桐葉上月白露初團滴瀝清光滿熒煌素彩（承月露寫一聯）

（兜轉桐葉縂賦全題 月露——桐葉）

寒風揺愁玉墜枝動惜珠乾氣冷疑秋晚聲微覺

（露是主中主故此聯單賦露——見字意）

夜闌凝空流欲遍潤物淨宜看莫厭窺臨倦將晞

聚更難

附孫顧清露被皋蘭三聯

向空羅細影臨水泫微明

朱延齡

秋山極天淨

（四語完題）

雨洗高秋淨天臨大野閑葱蘢清萬象繚繞出層

（淨字正面 着色處愈見其淨）

山日落千峰上雲銷萬壑間緑蘿霜後翠紅葉雨

晉書陶侃傳 侃少漁於雷澤，網得織梭，掛於壁，有頃雷雨，化為龍而去。古詩 為焦仲卿作 三日斷五疋，大人故嫌遲。古詩 札札弄機杼。又 纖纖出素手。

秖言地而天可見

來殷散彩輝，吳甸分形壓楚關。欲尋霄漢路，延首願登攀。

附劉得仁蓮花峰詩起二聯：太華萬餘重，岩嶤只此峰。當秋倚寥泬，入望似芙蓉。

康翊仁

鮫人潛織

博物志 鮫人潛居水底，織綃出人間賣之。

嫩 所潛處

珠館馮夷室，靈鮫信所潛。幽閒雲母牖，滉瀁水精簾。機動龍梭躍，絲縈藕線添。七襄牛女恨，三日大人嫌。耀日同吳練，疑冰笑越縑。無因聽札札，空想濯纖纖。

織字正向閒合巧

織成梭

離騷 吾令蹇修以爲媒。

崔藩

暗投明珠 鄒陽上梁王書 明月之珠，夜光之璧，以暗投人於道，衆莫不按劍相眄，何則，無因而至前也。

至寶看懷袖，明珠竟暗投。向人光不定，離掌勢難留。皎澈虛臨夜，孤圓冷瑩秋。乍來驚月落，疾轉怕星流。有恨同和氏，無媒托蹇修。今朝感恩處，將欲報隋侯。

○投○字○雋○

○暗○字○投○字○語○意○雙○

○關○、、巾、明、暗○投、之、意、、

張何

織烏 禮記月令 戴勝降于桑 注 戴勝，織紝之鳥。

〔莊子〕鷦鷯巢於深林，不過一枝。〔揚子〕鴻飛冥冥，弋者何篡焉。

〔國策〕心搖搖如懸旌。

季春三月裏，戴勝下桑來。映日華冠動，迎風繡羽（二句其形）開。候驚蠶事晚，織向女工催。旅宿依花定，輕飛遠（二句其能）樹迴。欲過高閣栁，更拂小庭梅。所寄一枝在，寧憂（四句寫景）弋者猜。

附鄭袞好鳥鳴高枝詩次聯

影高遲日度，聲遠好風隨。

濮陽瓘

○出籠鶻

玉鏃分花袖，金鈴出綵籠。（射獵襯起）（點題）搖心長捧日，逸翰鎮生（作出）風。一點青霄裏，千聲碧落中。（高飛）星眸隨狡兔，霜爪落（詳其用即下云搏）

西京賦剛蟲搏摯。

鮑昭賦稜稜霜氣孫楚鷹賦振肅肅之輕羽。

高墉見易解卦左傳鷹鸇之逐鳥雀。

飛鴻每念提攜力（擊功）常懷搏擊功（起末聯）以君能惠好（繳上聯）不敢沒遙空（收出字用意）（忠厚）

失名

霜隼下晴皐

（風動星馳指隼說）

九皐霜氣勁翔隼下初晴風動閒雲遠星馳白草平（下字虛景）（實寫下字有力）稜稜方厲疾肅肅自縱橫掠地秋毫迥投身逸翮輕（托法）（下之後）（收處不脫不粘）高墉全失影逐雀乍飛聲薄暮寒郊外悠悠萬里情（最有遠神）

首句點皐次句點隼而霜字偏於皐字一面點晴字偏於隼字一面點點次最變化有法。

史記老子傳。周守藏室之史也。後漢祭祀志延熹八年。遣使之苦縣祠老子。按閣在驪山上。故曰秦嶺。高祖武德三年。晉州人於羊角山見元元曰。為吾語唐天子。吾汝祖也。乃立廟其地。按霍山在晉州。

殷寅 以下八韻

元元皇帝應見賀聖祚無疆 官限八韻 唐祖老子。追尊為元元皇帝。開元二十九年。上夢元元云吾像在京城西南百餘里。遣使求得之。迎置興慶宮。設立廟于天寧坊。天寶七年。元元降神于朝元閣 題係天寶年事。應見。謂靈應顯著。屢見其形。賀。謂羣臣上賀。

應歷生周日。修祠表漢年。復茲秦嶺上。殊似霍山前。 四句元元應見
昔贊神功啟。今符聖祚延。已題金簡字。仍訪玉堂仙。 四句拍合聖祚
睿祖光元始。曾孫體又元。言因六夢接。慶叶九齡傳。 結上起下賦事融鍊
北闕心超矣。南山壽固然。無由同拜慶。竊 謂元宗無疆 自謂

天寶元年田同秀言元元告以靈符在尹喜故宅因求得之金簡字指此玉堂仙謂老子 題字屬元元訪字屬帝下睿祖曾孫暗脈分承 元始又元俱切老子 周禮春官占夢占六夢之吉凶曰正夢噩夢思夢寤夢喜夢懼夢 九齡見禮記文王世子

傳野用書夢賚良弼意釣天用史記秦穆公夢帝饗以釣天廣樂事俱切夢 漢武故事立宮於巡省五岳曰集靈

欠穩

抃賀陶甄

唐制試體皆六韻偶有八韻者一是主司所限如此題舉子皆八韻則官限者也一是舉子自增如清如玉壺冰題湣炎八韻王季友仍六韻迎春東郊題張濯八韻王綽仍六韻則舉子自增者也句數雖增其韻用題字則同

趙鐸

元元皇帝應見賀聖祚無疆

從聖德感通處說起上下綫亦最得體

聖主今司契神功格上元豈唯求傳野更有叶鈞天審夢南山下焚香北闕前道光尊聖日福應集靈年咫尺真容近巍峩大象懸觴從百寮獻形爲

萬方指元宗命兩京諸州各置元元廟。

顓頊句芒見禮記月令

漢書王者必通三統。禮記祭法分地建國置都立邑設廟祧壇墠而祭之。

萬方傳穀教（以下頌）唯皇矣英威固邈然慚無羨周頌徒

上祝堯篇

張濯

迎春東郊

顓頊時初謝（四句春）勾芒令復陳飛灰將應節賓日已知春考歷明三統（四句迎）迎祥授萬人衣冠宵執玉壇墠曉清塵肅穆來東道（遞到東郊）回環拱北辰仗前花待發（仍合迎春）旂處柳凝新雲斂黃山際（寫春景映切東郊）冰開素滻濱聖朝多慶賞煦嫗及沉淪

〔史記〕三河居天下之中。

龍顔句。即日近長安遠意。

薛存誠

東郊父老望幸

〔唐書地理志〕東都。隋置。貞觀六年。號洛陽宮。顯慶二年。曰東都。

四句望幸之故

鑾輿秦地久。羽衛洛陽空。彼土雖憑固。茲川乃得中。（秦地 洛陽）

四句正寫望幸

龍顔觀白日。鶴髮仰清風。望幸誠逾邈。懷來意不窮。

四句父老意中語

昔因封泰岳。今佇躡維嵩。天地心無異。神祇理亦同。

言帝在西都而望者如此宜有以慰之

翠華翔渭北。玉檢候關東。衆願其難阻。明君早勒功。

李商隱

漢書郊祀志月穆穆以金波注言若金之波流也。上林賦明月珠子的皪江母。屈子天問厥利惟何，而顧兔在腹。水經注河冰始合，車馬不敢過，要須狐行。云此物善聽冰下無水乃過。二句以鵲欲遶冰，狐不疑月互說。兔魚鵲狐連用，亦病。

賦得月照冰池　膠粘一片，寫照字工。

皓月方離海，堅冰正滿池。金波雙激射，璧彩兩參差。絕四句虛寫其景。影占徘徊處，光含的皪時。高低連素色，上下接清規。四句實賦其事。顧兔飛難定，潛魚躍未期。鵲驚俱欲遶，狐聽始無疑。回互巧思。收月。似鏡將盈手，如霜恐透肌。收冰。獨憐遊翫意，達曉不知疲。

張良器

河出榮光　尚書中候帝堯即政七十載，脩壇河洛，仲月辛日，禮備，至于日稷，榮

光出河

爾雅河出崑崙墟。拾遺記黃河千年一清。晉書比大坤維。孝經援神契河者水之伯。上應天漢。史記秦改河曰德水。龍門見書禹貢忠信詳後酬贈六韻注。漢書陳湯傳斬郅支王首。懸藁街。隴山湟水皆西戎地。後漢書鮮卑寇三邊。注幽并涼也。

引派崑山峻，朝宗海路長。千齡逢聖主，五色瑞縈光。（二句河）（二句光）
隱映浮中國，晶明助太陽。坤維連浩漫，天漢接微茫。（四句正面）
丹闕清氛裏，函關紫氣旁。（烘托）位尊應號伯，道泰每呈祥。（收河）
習坎靈逾久，居卑德有常。（收光 申明有榮光之故）龍門如可泝，忠信是舟梁。

失名

西戎即敘 官限八韻

句出書禹貢

懸首藁街中，天兵破犬戎。營收低隴月，旗偃度湟風。（佳句切西戎）
肅殺三邊勁，蕭條萬里空。渠魁咸服罪，餘孽盡

史記軒轅氏伐涿鹿而禽蚩尤。韓詩外傳三苗有洞庭彭澤之險 軍容見禮記

輸忠聖理符軒化仁恩契禹功降逾洞庭險梟擬郅支窮已報軍容捷還資廟算通今朝覲即叙非與獻嫯同。

推本聖德。得體

尊題法。

按孔傳西戎就次。不指戰勝克敵言。此詩或因時事而斷章取義也。　應試八韻詩。統計全唐所傳纔十餘首。其中如段成式河出榮光。下半全脫題旨。且曰馮夷矜海若。頗不成語。李岑元元皇帝應見。三聯以興癈對大同。不工。千官欣肆覲以下。皆泛語。潘炎清如玉壺冰。作法不合。語意稚嫩。併不用題韻。非倒。人不易知。鄭昉及無名氏作。皆庸率。昉五聯云。病諸方號哲。敢相反求疵。句尤劣。薛能新雪次聯云。龍鍾雖未起。蕭索我何頻。鄙拙可笑。通首亦滯沈亞之西番請謁廟亦下半泛。四聯百拜忠貞屬。對率。此種若一倒鈔入。魚目碔砆。徒亂人意。集中悉為刪

去。所收雖少。
皆彬彬者。

清麗集卷三 終

炯華陰人舉神童爲弘文學士終盈川令
照鄰字昇之范陽人終新都尉

唐人五言長律清麗集卷四目錄

酬贈上

六韻詩二十六首

參南陽人官嘉州刺史

適字達夫渤海蓨人終刑部侍郎

頎東川人開元進士新鄉尉

白字太白興聖皇帝九世孫明皇時以賀知章薦名

蘇頲

送秘書晁監還日本國　王維

送李太守赴上洛

送盧郎中除杭州赴任　岑參

六月三十日水亭送華陰王少府還縣

送柴司戶充劉卿判官之嶺外

高適

送劉主簿歸金壇　李頎

送儲邕之武昌　李白

見供奉翰林。
長卿字文房河間人終隨州刺史。
冉字茂政潤州丹陽人官右補闕。
翃字君平南陽人終中書舍人。
綸字允言河中蒲人檢校户部郎中

愈字退之鄧州南陽人終吏部侍郎
籍字文昌和州烏江人終國子司業
元衡字伯蒼河南緱氏人同平章事
賓王義烏人終臨海丞

送鄭尚書權赴南海　韓愈

送鄭尚書出鎮南海　張籍

途次近蜀驛蒙恩賜寶刀及飛龍廄馬使還奉寄中書李鄭二公　武元衡

戲贈張書記　李商隱

送韓校書江西從事　馬戴

八韻詩十六首

送趙大夫護邊　駱賓王

和姚給事寓直之作　宋之問

審言字必簡襄陽人修文館學士

贈蘇味道　杜審言

送嚴黄門拜御史大夫再鎮蜀川兼覲省　岑參

送郭僕射節制劍南

春日歸山寄孟浩然　李白

中丞宋公以吴兵三千赴河南軍次尋陽脱余之囚參謀幕府因贈之

贈元容州　劉長卿

送張中丞赴桂州　錢起

目終

隋天文志天將軍十二星。大星天之大將也。漢書建三宮之文質。注明堂辟雍靈臺也。唐置十二軍。以天星為名。故曰星門。五戎見禮記月令注五兵

唐人五言長律清麗集卷四

吳縣徐曰璉商徵
元和沈士駿文聲 同輯

酬贈上

楊炯以下六韻

送劉校書從軍

唐書百官志門下省校書郎二人。掌校理典籍。

天將下三宮星門列五戎坐謀資廟略飛檄佇文（指主將）（仰廟筭開資幕佐合）
雄赤土流星劍烏號明月弓秋陰生蜀道殺氣繞（四句正寫從軍）
湟中風雨何年別琴尊此日同離亭不可望溝水（四句送）（觸境增愁）

也。戈、殳、戟、酋矛、夷矛。【張華傳】雷煥致劍與華，華以赤土拭之，倍益精明。【古今注】吳大帝寶劍曰流星。【古史考】柘枝長而勁，烏集將飛，柘起彈之，烏乃號呼。此枝爲弓，快而有力，故名。【庾信賦】弓如明月對彌。【一統志】湟水在蘭縣西。何年別，猶云幾年別。

【郭璞江賦】爰有包山洞庭，巴陵地道。弱水見【書禹貢】。【按沈約謝靈運傳論】仲宣灞岸之篇，子荆零雨之章。案詩並無零雨之句，想誤用也。【後漢書】孔融

自西東。

附陳子昂和陸明府贈將軍重出塞詩四五聯

星月開天陣，山川列地營。晚風吹畫角，春色耀飛旌。

盧照鄰

○西使兼送孟學士南遊【唐百官志】集賢殿學士，直學士，侍讀學士，掌承旨撰集文章，校理經籍。

地道巴陵北，天山弱水東。相看萬餘里，共倚一征

（孟南遊巴西使）

蓬。零雨悲王粲，清樽別孔融。徘徊聞夜鶴，悵望待

（自比　比孟　傷離異傳）

秋鴻。骨肉胡秦外，風塵關塞中。唯餘劍鋒在，耿耿

（信　棄骨肉冒風塵正寫西使　以功名自）

曰。座上客常滿。尊中酒不空。吾無憂矣。〔蘇武詩〕骨肉緣枝葉。結交亦相因。昔者常相近。邈若胡與秦。〔庾信詩〕久𢿳風塵俗。殊勞關塞長。〔宋玉大言賦〕長劍耿耿倚天外。

漢制。尚書省在神仙門內。故云仙閣。〔漢官儀〕尚書郎入直臺中。大官供膳食。女侍史挈被執香爐護衣服。〔東觀漢記〕樊梵每當直事。駐車待漏。冠劍不解

氣成（許 虫）

起語雄濶。通篇渾灝流逸。上洗六朝堆垜之習。下開盛唐清健之風

沈佺期

○酬蘇員外味道夏晚寓直省中見贈〔初學記〕秦初置郎中令。其屬官有三署。署中有郎中侍郎。分隸三署。漢因之。唐制。每曹置一員外郎。直宿禁中。

並命登仙閣。通宵直禮闈。大官供宿膳。侍史護朝衣。卷幔天河入。開窗月露微。小池殘暑退。高樹早涼歸。冠劍無時釋。軒車待漏飛。明朝題漢柱。三署

（巴與蘇。以備非常。指蘇領下。寓直之遇。）

（四句寓直之景。切夏以晚。）

（表其勤。頌美。轉合。）

于身入服其慎。漢書田鳳為尚書郎，容儀端正。每奏事，靈帝目送之，因題柱曰：堂堂乎張，京兆田郎。

秋興賦 高閣連雲。謝眺詩 彿務鶩青閣。南史張緬傳 殿中郎缺，帝曰：此曹舊用文學，且居雁行之首，宜慎擇其人。漢書韋賢篤志力學，位至丞相。子元成復以明經為相。鄒魯諺曰：遺子黃金滿籯，不如教子一經。魏晋世語 司馬景王命虞松作表，再呈不

有光輝。（自己）

附蘇味道贈封御史入臺詩四聯。風連臺閣起，霜就簡書飛。

同韋舍人早朝 唐百官志 中書起居舍人，掌録制誥德音，通事舍人，掌朝見引納通奏。

閶闔連雲起，巖廊拂霧開。玉珂龍影度，珠履雁行來。長樂宵鐘盡，明光曉奏催。一經傳舊德，五字擢英才。儼若神仙去，紛從霄漢迴。千春奉休歷，分禁喜趨陪。

（對面說起）（二句朝）（龍同字）（二句早）（二句美韋）（上朝）（朝退亦是同意）（同）（字結）

附佺期上元夕夜遊詩次聯。月華連晝色，燈影雜星光。

可意。松不能改。鍾會為定五字。松呈景王。王曰：王佐才也。沈為考功，屬吏部。韋為舍人，屬中書，故曰分禁。

漢書霍去病將兵擊匈奴右地。王僧達文譬淡龜沙。漢書龜茲化王延城去長安七千餘里。漢書雲中太守田順為虎牙將軍。後漢書張奐字然明，拜武威太守。其俗凡二月五月產子及與父母同月生者，悉殺之。奐嚴加賞罰，風俗遂改。史記天子為霍去病治第，令驃騎視之，對曰：匈奴未滅，無以家為。

蘇頲

同餞楊將軍兼原州都督御史中丞

舊唐書隋平涼郡。武德元年，置原州。貞觀五年，置都督府。唐百官志御史臺中丞三人，正四品。

右地接龜沙，中朝任虎牙。然明方改俗，去病不為家。將禮登壇盛，軍容出塞華。朔風搖漢鼓，邊馬思胡笳。旗合無邀正，冠危有觸邪。當看勞還日，及此御溝花。

附李嶠送薛大夫護邊詩次聯：授律星芒動，分兵月暈空。李又送司馬員外逐客孫員外佺北征詩三四聯：羽檄雙鳧去，兵車駟馬馳。虎旗懸氣色，龍劍抱雄雌。

孫子無邀正正之旗。後漢輿服志執法者服獬豸冠。獬豸一名神羊。能觸邪佞。詩小序出車勞還卒也。

荀子積水而為海。史記鄒衍曰。中國外如赤縣神州者九。列子乘空若履實。又渤海之山。巨鰲戴之。十洲記扶桑在碧海中。長數千丈。

王維

○送秘書晁監還日本國

唐東夷傳日本古東海倭奴國。自言國近日出處。故更此名。開元初。其朝臣仲滿慕華不肯去。易姓名曰朝衡。久乃還。晁朝同。百官志秘書監一人。從三品。

積水不可極，安知滄海東。九州何處遠，萬里若乘空。

甚言日本之遠　足上聯　起下合

向國唯看日，歸帆但信風。鰲身映天黑，魚眼射波紅。

四句行　奇警

鄉樹扶桑外，主人孤島中。別離方異域，音信若為通。

二句到　以上還日本　二句送　猶

言何能通

姚合極元集。以此詩壓卷。附徐凝送日本使還詩一二聯。絕國將無外。扶桑更有東。來朝逢陳留志東園公用里先生，綺里季夏黃公避秦入商山。在商州東南。唐地理志鄧州南陽郡。晉地道志嶢關在上洛西北。水經丹水出上洛冢嶺山。左傳東盡虢略。又許遷于白羽。王粲賦蔽荆山之高岑。世說王徽之曰。西山朝來致有爽氣。

聖明歸去及秋風

送李太守赴上洛

通典刺史為太守。天寶元年。以州為郡。舊唐書上洛。漢縣。屬弘農郡。在洛水上。故名。今商州。

上洛起

商山包楚鄧，積翠藹沈沈。

四句赴

驛路飛泉灑，關門落照深。野花開古戍，行客響空林。

到上洛所見風景

板屋春多雨，山城晝欲陰。丹泉通虢略，白羽抵荆岑。

以地之四達跌起塵外之宗

若見西山爽，應知黃綺心。

結應起處以諷其歸

詩中複三山字。地名凡十見。又絕無太守意。皆病。附維送禰郎中詩四五聯。舟服為諸吏。珠官拜本州。孤鶯吟遠墅。野杏發山郵。

自京至杭，道經於楚。路
吳即赴杭。蓋杭亦吳地，過
錢唐江方稱越。所謂到江
吳地盡也。潘子真詩話
漢制，太守四馬，其加秩中
一千石，乃右驂，故以五馬
爲太守美稱。

岑參

送盧郎中除杭州赴任 唐百官志：郎中屬尚書省。地理志：杭州，餘杭郡。上。

罷起郎官草，初分刺史符。海雲迎過楚，江月引歸吳。城底濤聲震，樓端蜃氣孤。千家窺驛舫，五馬飲春湖。柳色供詩用，鶯聲送酒須。知君望鄉處，枉道上姑蘇。

觀　赴任　六句赴杭。後風景　結另開

○六月三十日水亭送華陰王少府還縣 得潭字

唐地理志：華陰縣，屬華州。容齋隨筆：縣尉爲少公，亦謂之少府。

[書洪範]卿士惟月。[晉天文志]流星，天使也。
[晉天]
[番禺]

亭晚人將別池涼酒未酣關門勞夕夢仙掌引歸
（巴思長安　王歸華）
驂荷葉藏魚艇藤花罥客簪殘雲收夏暑新雨帶
（喩一對句　夏　晚水亭）
秋嵐失路情無適離懷思不堪賴茲庭戶裏別有
（應夕夢句　應歸驂句　仍收到水亭）
小江潭
（結）

附參奉送李賓客荊南迎親詩
五聯鵠隨金印喜烏傍板輿飛

高適

○送柴司戶充劉卿判官之嶺外[唐百官志]諸州縣有司戶官[又]節度使以下皆有判官掌書記。
嶺外資雄鎮朝端寵節旄月卿臨幕府星使出詞
（先說劉卿　鎮嶺外　劉　柴）

雜記昔有五仙騎五羊至廣州因名五羊城。史記秦置桂林象郡。家語孔子息駕河梁懸水三十仞有一丈夫厲之子問之曰有道術乎曰吾之入也以忠信出也又以忠信。晉王祥傳呂虔有寶刀相者以為必登三公可服此虔謂祥曰卿有公輔之量故以相與。無不適即利攸往意。

舊唐志丹徒吳曰京口。唐地理志金陵曰白下按秦始皇埋金玉以厭天子氣故曰金陵。吳都賦翕

曹海對羊城濶山連象郡高風霜驅瘴癘忠信涉波濤別恨隨流水交情脫寶刀有才無不適行矣莫徒勞

四句送 結

李頎

送劉主簿歸金壇 唐百官志縣主簿一人從九品上 地理志金壇縣屬潤州

與子十年舊其如離別何宦遊鄉故國歸夢是滄波京口青山遠金陵芳草多雲帆曉容濤江日晝清和縣郭舟人飲津亭漁者歌茅山有仙洞羨爾

送字起 金壇在江 四句歸送 二句金壇 歸意結

習容商。〔劉大彬茆山志〕茆君得仙於句曲山。為十六洞天之一。

黃鶴樓。在武昌黃鵠磯上。

〔莊子〕黃帝張樂於洞庭之野。

〔史記〕楚人諺曰。得黃金百斤。不如得季布一諾。〔南史〕謝朓文章清麗。〔按〕朓有洞庭張樂地一首。

再經過

附 順送猗叔遊潁川詩 五聯

疊嶺雪初霽。寒砧霜後鳴。

李白

○送儲邕之武昌〔唐地理志〕武昌縣。屬鄂州。

黃鶴高樓月。長江萬里情。（言我久神遊於武昌矣）春風三十度。空憶武昌城。送爾難為別。銜杯惜未傾。（此行雖不忍別。然途行之景如此）湖連張樂地。山逐泛舟行。（土風之美又如此）諾謂楚人重。詩傳謝朓清。滄浪吾有曲。寄入棹歌聲。（是以羨其往而贈以詩）

一起古風入律。曠逸不可當。具此天才。纔許脫略繩檢。

越絶書禹治水至越大會于茅山更名曰會稽 鍾嶸詩品錢塘杜明師夢東南有人入其館是夕靈運生于會稽其家送于杜十五方還故名客兒 宋書靈運于會稽營別業旁山帶江盡幽居之美 會稽記秦望山在州城南始皇登以望南海 又西陵錢塘會稽津渡處 越絶書句踐起觀臺以望東海 枚乘七發將以八月之望觀濤乎廣陵之曲江即錢塘江也漢廣陵治臨安 晉張翰傳使我有身後名不

○送友人尋越中山水

聞道稽山去偏宜謝客才（比友人）千巖泉灑落萬壑樹縈迴（承稽山收山水文）東海横秦望西陵遶越臺（二句越中山）湖清霜鏡曉濤白雪山來（二句越中水）八月枚乘筆三吳張翰杯（合到友人應偏宜句）此中多逸興早晚向天台（送接 越中最勝處）

附白金陵送張十一詩四聯春光白門柳霞色赤城天

附杜甫王閬州筵奉酬十一舅惜別之作起二聯萬壑樹聲滿千崖秋氣高浮舟出郡郭別酒寄江濤

劉長卿

行營酬呂侍御（自注）時尚書問罪襄陽軍次漢東境上侍御以舟鄴賊境

如生前盃酒。

〔史記〕汲黯拜淮陽太守。上曰：吾徒得君之重，臥而治之。

〔古今注〕大將軍出征加黃鉞。

〔荀子〕衣若懸鶉。

〔魏志〕陳琳字孔璋。曹操辟管記室，軍國書檄，皆琳所作。文帝與吳質書曰：孔璋書表殊健。

〔後漢書〕黃琬拜豫章刺史，威遍百城。

沈約有新安江水至清淺深見底詩，見〔文選〕。

〔後漢書〕馬融為南郡太守，嘗設絳帳，引諸生徒，鄭康

復有水災，迫于征稅，詩以見喻。〔唐百官志〕侍御史六品，掌糾舉百僚，及入閣承詔。

○言○侍○御○力○疾○從○事○ ○ ○ ○

不敢淮南臥，來趨漢將營。受辭瞻左鉞，扶疾拜前旌。井稅鶉衣樂，壺漿鶴髮迎。水歸餘斷岸，烽至掩孤城。晚日歸千騎，秋風合五兵。孔璋才素健，早晚檄書成。

○今尚書固○能安民○ 但地值災○兵之後

○當選士○練○兵○ ○ ○ ○ 以克○捷望

侍御○

送鄭說之歙州謁薛侍御〔唐地理志〕歙州屬新安郡。

指鄭 ○ 歙州 ○ ○承○上○句○開○ ○承○下○句○

漂泊來千里，謳謠滿百城。漢家尊太守，魯國重諸生。俗變人難理，江傳水至清。船經危石住，路入亂山行。老得滄洲趣，春傷白首情。嘗聞馬南郡，門下

○合四句寫○歙州即下云○滄洲趣也 ○ ○ ○ ○

○ ○ 足上 ○寫其羈懷作○一折 料其○還合

成受業其門辭歸融曰吾
道東矣

方輿紀要孝女曹娥碑在
江上廟側

聽 曹○闕 句

有康成

○送荀八過山陰舊縣兼寄剡中諸官 唐地理志山陰縣剡縣俱屬越州

訪舊山陰縣扁舟到海涯故林嗟隔歲春艸憶佳 二句承訪舊
期晚景千峯亂晴江一鳥遲桂香留客處楓暗泊 四句過山陰
舟時舊石曹娥冢空山夏禹祠剡江多隱吏君去 二句剡中 兼寄意
道相思

附長卿送鄭十二歸廬山詩五
聯水流過舍下雲去到人間

錢起

晉書袁宏出為東陽郡謝安以扇贈之宏曰謹當奉揚仁風慰彼黎庶 謝眺傳出為宣城太守

奉和宣城張太守南亭秋夕懷友 唐地理志宣城郡屬江南西道

池館蟪蛄聲梧桐秋露晴月臨朱戟靜河近畫樓明捲幔浮涼入閒鐘永夜清片雲懸曙斗數雁過秋城羽扇揚風暇瑤琴悵別情江山飛麗藻謝朓讓前名 以上南亭秋夕太守懷友美原唱切宣城

附起送鮑中丞赴太原詩四五聯雲旆臨塞色龍笛出關聲漢月隨霜去邊塵計日清又送王使君赴太原行營詩三四聯漢驛雙旌度胡沙七騎過驚蓬連雁起牧馬入雲多又送鄭書記詩三四聯受命麒麟殿參謀驃騎營短簫催別酒斜日駐前旌

又寄袁州李嘉祐員外

宋史樂志疊鼓鳴笳發更闌
夜如何
唐書藝文志大戴德禮記
十三卷

詩三四聯郡國通流水雲霞共
遠天行春鶯幾囀遲客月頻圓

皇甫冉

送歸中丞使新羅唐書東夷傳新
羅弁韓苗裔也
詔使殊方遠朝儀舊典行浮天無盡處望日計前
程暫喜孤山出長愁積水平野風飄疊鼓海雨濕
景下奉使之續　以使新羅送
危旌異俗知文教通儒有令名還將大戴禮方外
授諸生
附冉送李萬州赴饒州觀省詩三四聯川迥吳
岫失塞潤楚雲低舉目親魚鳥驚心怯鼓鼙

韓翃

漢舊儀丞相聽事門曰黄閤　左傳仲虺居薛以為湯左相　漢制丞相位在諸列侯上　後漢公孫瓚傳燕南垂趙北際中間不合大如礪　唐百官志節度使賜雙旌雙節

奉送王相公縉赴幽州巡邊（唐地理志幽州范陽郡屬河北道）

黄閣開帷幄丹墀侍冕旒位高湯左相權總漢諸侯（四句相公）不改周南化仍分趙北憂雙旌過易水千騎入幽州（四句赴幽州）塞草連天暮邊風動地秋（二句邊景）無因隨遠道結束佩吴鈎（二句自謂爲送）

附翃送李中丞赴商州詩四聯　閑管春雪下吹角暮山空　伐謀師以律賈勇士爭先

附權德輿送靈武范司空詩四聯

盧綸

唐地理志梧州蒼梧郡屬
嶺南道
音信歷歲月而始通故曰
人自老夢魂越關山而始
到故曰月應沉

南部新書長安有龍尸見
水色則知有龍 水經注

逢南中使因寄嶺外故人

嶺外 風景之異

見說南來處蒼梧接桂林過秋天更暖近海日長

形勢之險 道里之遠

陰巴路緣雲出蠻鄉入洞深信迴人自老夢到月

比使者 謂寄詩 勸其歸

應沉碧水通春色青山寄遠心炎方難久客莫使
鬢毛侵

韓 愈

送鄭尚書 權 赴南海 唐地理志南海
即漢番禺縣
八句說出番禺軍府

番禺軍府盛欲說暫停杯蓋海旂幢出連天觀閣

盛 用盃

開衙時龍戶集上日馬人來風靜鶢偪去官廉蚌

馬文淵有遺兵十餘家不
反居壽冷岸南戀姓馬以
其流寓號曰馬流〔國語〕
海鳥曰鷁鶂止于魯東門
是歲也海多大風〔唐西
域傳〕獅子國居東南海中
多奇寶，〔漢南越王傳趙
佗自立為南越武王〕

隔年迴謂隔一歲即還，不
久居外也。

蛤廻貨通師子國樂奏武王臺事事皆殊異無嫌
（賫○事 錙收○ 拍 到○赴○）

屈大才

張籍

送鄭尚書出鎮南海
（二句出鎮 二句赴 二句送）

遠鎮承新命王程不假催班行爭路送恩賜併時

來牙旆從城展兵符到府開蠻聲喧夜市海色浸
（○四○句○南○海 祝 其○還）

潮臺晝角天邊月寒關嶺上梅共知公望重多是

隔年廻、

昌黎作變格，此首步伐安詳，自是正局。附籍
寄華山隱者詩五聯，開門移遠竹，剪草出幽蘭。
（酬贈 六韻）

晋輿服志七輪車上加青油幢三公有勳德者用之

武元衡

途次近蜀驛蒙恩賜寶刀及飛龍廐馬使還

奉寄中書李鄭二公（唐書兵志禁中增置飛龍廐初用張萬歲領群收）

草草事行役（寫懷）遲遲違故關碧幢遥隱霧紅旆漸依

山感激酬恩淚星霜去國頽捧刀金錫字（默出賜物）歸馬玉

連環龍鳳辟（寄李鄭意）三署干戈護百蠻應憐宣室召溫樹

不同攀

李商隱

顏延之詩劉伶善閉關懷情滅聞見
星漢句用牛女事
古木句比張心旌搖搖平蕪句比已守株寂寂
淮南子連環不解其解之以不解

戲贈張書記

別館君孤枕空庭寂閉關池光不受月野氣欲沉山星漢秋方會關河夢幾還危絃傷遠道明鏡惜紅顏古木含風久平蕪盡日閑心知兩愁絕不斷若連環

○根○閉○關○狀○沉○寞之○致○
承上攔下○恨孤枕謂張思家之情○合戲意○
別館○空庭○已與張皆合愁無限○

附商隱酬別令狐補闕詩五聯警露鶴辭侶吸風蟬抱枝上句比令狐下向自比工絕 附賈島別徐明府詩三聯地寒春雪盛山淺夕風輕

馬戴

○送韓校書江西從事

唐地理志岳州屬江南西道。

唐地理志江南西道洪州南昌縣本豫章武德五年析置鍾陵縣又置南昌縣

漢鄭吉傳吉威震西域遂并護車師以西北道號都護。謝靈運晉書漢官尚書為中臺。職方氏見周

○涌○宵○赴○江○西○之○景○亦○贈○行○一○格○○○○領○下○六○

出關寒色盡雲夢草生新雁背岳陽雨客行江上

○句——○——夜宿○——早行——

春遙程隨水濶枉路倒帆頻夕照臨孤館朝霞發

○○○○望其○致書

廣津湖山潮半隔郡壁岸斜鄰自此鍾陵道裁書

有故人○

附雍陶送吁中丞使吐蕃詩四

聯遠鶻秋有加寒馬夜無敵

駱賓王以下八韻

送趙大夫護邊

六句敘趙○以尚書郎奉○使護邊——○

外域分都護中臺命職方欲傳清廟略先取劇曹

○○○二句送○

郎已佩登壇印猶懷伏奏香百壺闌祖餞駟牡戒

禮大司馬〔後漢書百官志〕尚書令史十八人。增劇曹三人。〔十三州記〕青海在臨羌縣〔應劭風俗記〕張掖言張國臂掖以威羌狄〔晉地理志〕沮渠蒙遜爲北凉分據河西〔晉杜預傳〕孫皓既平以功封當陽縣侯

〔漢舊儀〕黃門郎日暮入對青瑣門拜名曰夕郎〔後

戎裝青海連西掖黃河帶北凉關山瞻漢月戈劍 四句邊景
宿胡霜體國才先著論兵策復長果持文武術還 美其才 勉其效
繼杜當陽

附賓王送趙卿郎中赴安西詩六七聯龍泉恩已著燕頷相終成月窟窮天遠河源入塞淸 附盧象趙都護燕別詩五六聯漢史開賓幕胡笳送酒巵風霜迎馬首雨雪事魚麗

宋之問

和姚給事寓直之作〔唐百官志〕給事中屬門下省掌侍左右分判省事

清論滿朝陽高才拜夕郎還從避馬路來接珥貂 八句叙姚由御史拜給事

漢書桓典為侍御史，執正無所廻避，常乘驄馬，京師為之語曰：行行止止，避驄馬御史。董巴輿服志：禁門曰黃闥。晉書傅元每有奏劾，或值日暮，捧白簡，整簪帶，竦立待旦。崔纂御史箴：簡上霜凝。漢書朱博傳：御史府中列柏樹，常有野烏數千栖宿其上。通典：御史中丞在殿中蘭臺。三輔黃圖：武庫在未央宮，蕭何造，以藏兵器。詩：不成韻章。史記：匈奴處北地，寒，殺氣早降。漢書：沙鉢羅可汗建庭于雕合水，謂之南庭。重圍謂圍殺。漢天文

行寵就黃扉日威回白簡霜栢臺遷烏茂蘭署得人芳禁靜鐘初徹更踈漏漸長曉河低武庫流火度文昌寓直恩嶔重乗秋藻翰揚暗投空欲報下調不成章

四句寓直　足上　原唱　和詩

杜審言

贈蘇味道（唐書蘇味道傳：調咸陽尉，吏部侍郎裴行儉才之，會征突厥，引管書記）

北地寒應苦南庭戍未歸邊聲亂羌笛朔氣捲戎衣雨雪關山暗風霜草木稀胡兵戰欲盡漢卒尚

四句邊庭苦寒之景　開　四句戍軍方立功

志〕妖星其下有軍・塞馬指我軍之馬・軍中書皆插雞羽・以速傳報〔周禮大司樂〕王師大獻則令奏凱樂・

重圍雲淨妖星落○秋深塞馬肥○據鞍〔猶在戎之○況〕雄劒動搖筆羽書飛輿駕還京邑〔○時上自東都○還〕朋遊滿帝畿○方期來獻凱歌舞共春暉○

附張九齡和許給事夜直詩三四聯左掖知天近南窗見月臨樹搖金掌露庭接玉樓陰附盧象贈張均員外詩三聯神仙餘氣色列宿動輝光六聯翰苑飛鸚鵡天池待鳳凰

岑參

送嚴黃門拜御史大夫再鎮蜀川兼觀省〔唐百官志〕開元元年改門下省為黃門省〔又〕御史臺大夫一人掌糾正百官〔地理志〕成都府蜀郡屬劒南道・

漢書益州刺史王襃使王襃作中和樂職宣布詩按文選有四子講德論　漢書韓安國為御史大夫按漢書百官表御史大夫掌副丞相。晉書向秀為黃門常侍。晉王濬傳濬夢懸三刀於梁上須臾又益一刀李毅曰三刀為州又益者明府其臨益州乎。

南史梁武帝舉兵得鐵馬五千匹　說文擐貫也。史記高祖燒絕棧道注棧道閣道也崔浩云險絕之

授鉞辭金殿　承恩戀玉墀　登壇漢主用　講德蜀人思（四句鎮蜀）

副相韓安國　黃門向子期（補叙御史黃門）　刀州重入夢　劒閣再題詞（申明再鎮）

春草連青綬　晴花間赤旗　山鶯朝送酒　江月夜供詩（四句寫鎮蜀之宴）

許國分憂日　榮親色養時（點覲省）　蒼生望已久　來去不應遲（望其早還）

送郭僕射節制劒南

唐百官志尚書左右僕射掌統理六官為令之貳　地理志分天下為十道九曰劒南。

鐵馬擐紅纓　幡旗出禁城（先虛寫）　明王親授鉞　丞相欲專征（次寔點）

玉饌天厨送　金杯御酒傾（寫送）　劒門乘嶮過　閣道踏

處傍鑿山巖而施板梁爲閣。說苑武王伐紂風霾而乘以大雨王曰天洗兵也。南仲見詩大雅

法華經黃金爲繩以界八道。金剛經知我說法如筏喻者。

道經三天者清微天禹餘天大赤天

抱朴子天陵偃蓋之松

雜寶積經鶴雀口中銜艸。

空行山鳥驚吹笛江猿看洗兵曉雲隨去陣夜月（四句節制劍南五面）
逐行營南仲今時往西戎計日平將心感知已萬（祝其成功 自謂）
里寄懸旌

李白

春日歸山寄孟浩然

朱紱遺塵境青山謁梵筵金繩開覺路寶筏度迷（領起 下根謁梵筵鋪叙）
川嶺樹攢飛栱巖花覆谷泉塔形標海月樓勢出
江煙香氣三天下鐘聲萬壑連荷秋珠已滿松密（與春日碍）
蓋初圓鳥聚疑聞法龍參若護禪愧非流水韻叨（寄孟意）

語諸鳥言。鳥皆聚集。〔神僧傳〕淨長溪僧結茆為室。有龍夭矯而出。呼而馴擾焉。

〔後漢宣秉傳〕光武特詔御史中丞與司隸校尉、尚書令會同並專席而坐。京師號曰三獨坐。〔後漢書宋均傳〕遷九江太守。郡多虎暴。均下屬縣多檻穽虎相與

入伯牙絃

起四聯俱用腰字調複。

中丞宋公以吳兵三千赴河南軍次尋陽脫余之囚參謀幕府因贈之〔唐書李白傳〕坐永王璘事長流夜郎會赦。還尋陽。坐事下獄。時宋若思將吳兵赴河南。道尋陽。釋囚。辟為參謀〔地理志〕河南道。郡東都。

獨坐清天下專征出海隅九江皆渡虎三郡盡還

中丞　出師　先頌中丞政績

珠組練明秋浦樓船入郢都風高初選將月滿欲

以吳兵赴河南　下寫將略

平胡殺氣橫千里軍聲動九區白猨慙劒術黃石

渡江。(左傳)組甲三百被練三千。(沿革志)秋浦隋縣唐置池州。(漢南粤傳)楊僕為樓船將軍。(史記)江陵故郢都。(吳越春秋)越有二女王問以劍術道逢一老自稱袁公卽跳箖箊竹槁折墮地處女接末袁公捺本以刺處女舉枝擊之袁公飛上樹化為白猿而去。(游俠傳)吳楚反時條侯得劇孟甚喜。

(說文)畬火田也。

借兵符戎虜行當翦鯨鯢立可誅白憐非劇孟何以佐良圖 見泰 諱○鴻

通首無脫因意欠密 附杜甫夏夜李尚書筵送宇文石首赴縣聯句詩四五六聯雨稀雲葉斷夜久燭花偏數語歎紗帽高文擲彩箋與饒行處樂離惜醉中眠 附儲光羲和蕭兵曹詩五六聯寒變中園柳春歸上苑畬池涵青草色山帶白雲陰

劉長卿

贈元容州(唐地理志)容州屬嶺南以合浦之北流普寧置。

擁旌臨合浦上印臥長沙海徼長無戍湘山獨種畬政傳通歲貢才惜過年華萬里依孤劍千峯寄

昔日知容州之續

結上 起下 遠宦之苦

〔李善文選注〕紫臺猶紫宮也〔後漢輿服志〕二千石皆皁蓋〔地理通釋〕作易之蓋圓而神故卻月之形圓蓋易之卦方以知故八陣之體方

〔後漢寇恂傳〕出爲潁川太守

其初本不輕出……今已休官

一家累徵期旦暮未起戀烟霞避世歌芝草休官

、、老、應、罷○官、而、浪、遊、者○ 此贈別之作○

醉菊花舊遊如夢裏此別是天涯何事滄波上漂

漂逐海槎

錢起

四句遣赴

送張中丞赴桂州〔唐地理志〕桂州始安郡屬嶺南

四句起 由中丞出

出守求人瘼推賢動聖情紫臺初下詔皁蓋始專

城寵借飛霜簡威加卻月營雲衢降五馬林木引

下頌其政成還朝

雙旌夙仰敦詩禮嘗聞偃甲兵戍樓雲外靜訟閣

息兵 安 民

竹間清化佇還珠美心將片玉貞寇恂朝望重計

漢書嚴助傳厭承明之廬 注在石渠閣外

左傳師師者受命於廟受脤於社 注脤社肉也 漢書公孫宏傳起客館開東閤以待賢人

日謁承明。

送王相公赴范陽

翊聖銜恩重頻年按節行安危皆報國文武不緣（相 將 總承）

兩、聯、將、相、互、叙、進、叙、側注 為將上

名受脤仍調鼎為霖更洗兵幕開丞相閤旗總貳

兩聯單承為將寫赴范陽

師營料敵知無戰安邊示有征代雲横馬首燕雁

東上二句轉為相送意

拂笳聲去鎮關河靜歸看日月明欲知瞻戀切遲

暮一書生（自謂）

寶常

奉送職方崔員外攝中丞新羅册使

辨方，見周禮。禮斗威儀：君乘木德而王，為人美髮。按新羅為東夷，故曰木德。其王居金城，故曰金家。
海賦：陰火潛然。
魏志東夷傳：其人潔清美髮。廣韻：鬖同鬙。
歸田錄：鄧州花蠟燭，名著天下。碧油，言江水之色也。按油水出武陵，近襄州。
荊州圖記：昭丘，楚昭王

帝命海東使人，行天一涯。辨方知木德，開國有金
起○法○高○亮○○○○○——承明趙○新羅
家。冊拜申恩重，留歡作限賒。順風鯨浪卷，初日錦
○——其職○——其禮○——四句赴時○之景
帆斜。夜色潛然火，秋期獨往槎。慰安皆喻旨，忠信
○——到後能奉○職
自無瑕。髮美童年髻，鬖香子月花。便隨琛賫入，正
○——四句一氣○言異域輸誠○入貢——○
朔在中華。

李益

送襄陽李尚書 唐地理志：襄州襄陽郡，屬山南道。
○三、先、點襄陽○六句皆追憶○其景況者
天寒發梅柳，憶昔到襄州。樹暖然紅燭，江清展碧
○虛之○
油。風煙臨峴首，雲水接昭丘。俗尚春秋學，詞稱文

臺。〔方輿紀要〕文選樓在襄陽府治西。昭明太子集名士訂文選於此。漢水沔水屬荆襄。〔晉書〕山簡鎮襄陽每出游池上置酒輒醉。池為習郁所鑿。故名。〔雲笈七籤〕沃洲在越州為福地。〔漢書李廣傳〕原結髮而與匈奴戰。〔又匈奴傳〕置左右賢王左右谷蠡。〔周禮函人〕犀甲壽百年。〔韓非子〕桓公伐孤竹迷失道。管仲曰老馬之智可用也。乃放馬而隨之遂得道。〔三秦記〕武功太白去天三百。〔漢書〕廣川王去疾作劍長七尺。〔東觀漢記〕隗囂

○柏合川時○之送 ○以下預賦○李○至○
選樓都門送旌節符竹領諸侯漢沔分戎寄黎元
○襄○陽○後事 ○ ○ 句拙、
減聖憂時追山簡興本自習家流莫糜思康樂詩
○
情滿沃洲

●再赴渭北使府留別〔唐地理志〕渭州屬關內道。
溯前此從○戎 ○
○結髮逐鳴鼙連兵追谷蠡山川搜伏虜鎧甲被重
寫此時再○赴句句有再○字○意○○○○○○
○犀故府旌旗在新軍羽校齊報恩身未死識路馬
○○渭北使○府之景 ○ 自許○成功
還嘶列嶂高烽舉當營太白低平戎七尺劍封檢
○ 下推開說○勉同朝之立○功他處 ○
一丸泥截海收蒲類跑泉飲鸊鵜漢庭中選重更
○
事五原西

將王元說寘曰請一丸泥
為大王東封函谷〔漢書〕
趙充國為蒲類將軍〔注〕蒲
類匈奴中海名。〔唐書〕西
受降城北有鸊鵜泉。後
〔漢郡國志〕并州五原郡

〔原注〕其日勅鄜州奏白雀。
宣付史館。
〔初學記〕王愔文字志曰。番
露書如濃露之垂故名。

〔初學記〕漢律吏五日得一
休沐言休息以洗沐也

附韋應物送雀押衙詩三四聯
白刃千夫闕。黃金四海同。嫖姚恩顧下。諸將指揮中。

令狐楚

南宮夜直宿見李給事封題其所下制敕知

奏直在東省因以詩寄

沓直同遥夜。嚴扃限幾重。青編書白雀。黃紙降蒼（同直而不相知下制敕）
龍。北極絲綸句。東垣翰墨蹤。尚垂元露點。猶濕紫（係東省封題接偶二句）
泥封。炫眼凝仙燭。馳心裊禁鐘。定應形夢寐。暫似（見知知後見）
接音容。玉樹春枝動。金樽臘釀濃。在朝君最舊。休（時方春酒熟舊侶招邀寄詩意）
澣許過從。

潘岳秋興賦寓直於散騎之省。後漢書郭泰歸洛陽與李膺同舟而濟衆賓望之謂為神仙 魏略曹植與劉楨等建安七子以文章名七子謂孔融陳琳王粲徐幹阮瑀應瑒也

附楚省中直夜對雪詩四聯

素華凝粉署清氣繞霜臺

武元衡

酬嚴維秋夜見寄

遥夜思悠悠聞鐘遠夢休亂林螢燭暗零露竹風秋啟户雲歸棟褰簾月上鈎（以上秋夜下寫懷）昭明逢聖代羈旅别滄洲騎省潘郎思（侯切 秋）衡門宋玉愁神仙慙李郭詞賦謝曹劉（亦自謂）松柏應無變（嚴詩）瓊瑤不可酬（兜轉秋夜）誰堪此時景寂寞下高樓

姚合

按唐書西北邊歲調河南江淮兵謂之防秋
散材見莊子

送狄尚書鎮太原

授鉞儒生貴傾朝赴餞筵麾幢官在省禮樂將臨邊代馬龍相雜汾河海暗連遠戍移帳幕高鳥避旌旃天下屯兵處皇威破虜年防秋緣壘近入塞必身先中外恩重疊科名歲接連散材無所用老向鎖闈眠

（頌出鎮之威）（得此規勉便不落酬應套語）（又頌狄）（自謙）

附合寄華州李中丞詩三四聯 蘇徑人稀到松齋藥自生常餐亦芝朮閒客是公卿 又和裴令公遊南莊詩三聯 花閒半山曉竹動數村寒

清麗集卷四終

甫字子美襄陽人天寶初獻賦名試官至檢校工部員外郎

唐人五言長律清麗集卷五目錄

酬贈下

十韻詩八首

和刑部成員外秋夜寓直寄臺省知已　岑參

敬贈鄭諫議十韻　杜甫

送蔡希曾都尉還隴右因寄高三十五書記

奉和嚴中丞西城晚眺十韻

奉送嚴公入朝十韻

暮春江陵送馬大卿公恩命追赴闕下

送王協律游杭越十韻

夏州崔常侍自少常亞列出領麾幢十韻

杜牧

牧字牧之。京兆萬年人。終考功郎中知制誥。

十二韻詩四首

舟出江陵南浦奉寄鄭少尹審

杜甫

奉和中書常舍人袞晚秋集賢院即事寄贈

徐薛二侍御

獨孤及

及字至之。洛陽人。終司封郎中。

況字逋翁，蘇州海鹽人，著作郎。

二十二韻詩一首

贈特進汝陽王二十二韻　杜甫

二十四韻詩一首

送從兄使新羅　顧況

三十韻詩一首

寄彭州高三十五使君適虢州岑二十七長史參三十韻　杜甫

五十韻詩一首

寄岳州賈司馬六丈巴州嚴八使君兩閣老

五十韻　杜甫

一百韻詩一首

秋日夔府詠懷奉寄鄭監審李賓客之芳一

百韻　杜甫

五宵即五夜也。

三輔決錄。馮豹為尚書郎。每奏事未報。常伏省閤下

唐人五言長律清麗集卷五

吳縣徐曰璉商徵
元和沈士駿文聲 同輯

酬贈下

岑參 以下十韻

○和刑部成員外秋夜寓直寄臺省知巳 （唐百官志）刑部尚書之屬有四。曰刑部。都官。比部。司門。各員外郎一人。

員外○寓直○十句秋○使寓直

○列宿光三署。仙郎直五宵。時衣天子賜。廚膳大官

○調。長樂鐘應近。明光漏不遙。黃門持被覆。侍女捧

自昏至明。天子密使侍被覆豹。【韵會】韓，音澣，下垂貌。

同舍見【漢書直不疑傳】

【世説】王長史曰：我往輒破的。【蜀志】曹公使關羽爲

香○烧筆爲題詩點○燈緣起草挑○竹喧交砌葉柳韓 秋○景

足上○寄輩省知己○美其○原

拂窗條粉署榮新命霜臺憶舊寮名香播蘭蕙重

唱○引下○○和詩意○

價蘊瓊瑶擊水翻滄海摶風透赤霄微才喜同舍

何幸忽聞韶○

附李頎送裴侍御監五嶺選詩五六聯。柳葉四荒外，梅花五嶺頭。明珠尉佗國，翠羽夜郎洲。

杜甫

敬贈鄭諫議十韻【唐百官志】右諫議大夫，屬門下省，掌諫諭得失，侍從贊相。○○下皆稱其○詩

諫官非不達詩義早知名破的由來事先鋒孰敢

先鋒 〔漢書張良傳〕愼毋與楚爭鋒。〔文賦〕恒遺恨以終篇。〔又〕或沿波而討源，或龍見而鳥瀾。
築居仙縹緲，謂行踪靡定。〔鮑照賦〕歲崢嶸而愁暮。〔按〕詩意謂年齒日高。〔莊子〕曾君使人以幣求顏闔不得。〔後漢書〕禰衡剛傲慢物，曹操劉表不能容。〔晉阮籍傳〕籍率意命駕，車跡所窮，慟哭而返。
〔陳琳樂府〕邊城多健兒。

爭思飄雲物外，律中鬼神驚。毫髮無遺恨，波瀾獨老成。野人寧得所，天意薄浮生。多病休儒服，冥搜信客旌。築居仙縹緲，旅食歲崢嶸。使者求顏闔，諸公厭禰衡。將期一諾重，欻使寸心傾。君見途窮哭，宜憂阮步兵。

自敘淪落。時以薦召試不過。結望鄭薦引。

送蔡希曾都尉還隴右因寄高三十五書記

〔原注〕時哥舒入朝，勑蔡子先歸。〔唐百官志〕十六衛折衝都尉府，每府折衝都尉一人，左右果毅都尉各一人。〔地理志〕隴州本隴東郡。〔按〕高即高適。

蔡子勇成癖，彎弓西射胡。健兒寧鬬死，壯士恥爲

入句表蔡勇概。

史記項羽紀：挑戰決雌雄。晉職官志：魏黃權以車騎將軍開府儀同三司，開府之名始于此。實應元年，以京兆府為上都。韵會：匼匝，周繞貌。趙汸注：駝背蒙以錦帕，故云模糊，方言也。寰宇記：姑臧南山一名雪山，無冬夏積雪。後出師表：賨叟將無前。魏志：太祖以阮瑀為軍謀祭酒。漢書汲黯傳：為太中大夫，數切諫。史記：廉頗，趙之良將。漢書：朱博才略不世出。

儒官是先鋒，得材緣挑戰，須身輕。一鳥過槍急，萬人呼。警絕。雲幕隨開府，春城赴上都。馬頭金匼匝，駝背錦模糊。四句隨哥舒翰入朝。咫尺雪山路，歸飛青海隅。上公猶寵錫，突將且前驅。四句還隴哥舒留。漢使黃河遠，涼州白麥枯。因君問消息，好在阮元瑜。蔡先歸。四句寄高先致遝想，次點通候。切書記。

奉和嚴中丞西城晚眺十韻（唐書嚴武傳：累遷殿中侍御史，為劍南道節度使，封鄭國公。）

汲黯匡君切，廉頗出將頻。直詞才不世，雄略動如神。六句美中丞，蓋由薹諫出。項耆句，項次句。政簡移風速，詩清立意新。引下。層城臨暇景，絕域望六句西城晚眺漢書馮唐傳古者命將跪而推轂曰閫以外將軍制之。通鑑石虎制民供軍須。漢書元狩四年。初算緡錢。遠算緡言不事科斂也。晉杜預傳拜征南將軍。

漢郊祀志黄帝採銅鑄鼎。既成龍垂胡髯下迎。後世因名曰鼎湖。按時肅宗晏駕。

南圖見莊子逍遥遊

○餘春旌尾蛟龍會樓頭燕雀馴地平江動蜀天闊
於登 晚○巾○烏○出○更○鎮○又○引○
樹浮秦帝念深分閫軍須遠算緡花羅封蛺蝶瑞
○下○○ 四句須其○荷主眷 嬰○协
錦送麒麟辭第輸高義觀圖憶古人征南多興緒
寫其○高懷逸興
事業闇相親○

奉送嚴公入朝十韻
嚴武傳代宗既立。名武還朝。尋充二聖山陵橋道使。

鼎湖瞻望遠象闕憲章新四海猶多難中原憶舊
四語入朝之由
○臣與時安反側自昔有經綸感激張天步從容靜
四句頌舊績
塞塵南圖迴羽翮北極捧星辰漏鼓還思晝宮鶯
○四句入朝○正面 應鼎○湖句

唐藝文志　兵家有玉帳經三卷。按　玉帳乃兵家厭勝之方位。主將置帳於其方。堅不可犯。

穆天子傳　羣玉之山。四徹中繩。先王之所謂策府。

罷囀春空留玉帳術愁殺錦城人閣道通丹地江
朝後　嚴去
潭隱白蘋此生那老蜀不死會歸秦公若登台輔
已留　自謂　諄勉見
臨危莫愛身
古誼

暮春江陵送馬大卿公恩命追赴闕下
唐地理志　江陵府。本荊州。屬山南道。卿公。敬稱。尊之也。
兩勝胃起音節道上妙使隱對朝令
自古求忠孝名家信有之吾賢富才術此道未磷
丰格　才名
緇玉府標孤映霜蹄去不疑激揚清韻徹籍甚衆
繞上　起下　三聯正寫追赴
流推潘陸應同調孫吴亦異時北辰徵事業南紀
點暮春
赴恩私卿月昇金掌王春度赤墀薰風行應律湛

〔詩序〕湛露、天子燕諸侯之詩。

露即歌詩。天意高難問。人情老易悲。樽前江漢闊。後會且深期。

觸緒自傷

附甫寄河南韋尹詩六七聯。江湖漂短褐。霜雪滿飛蓬。宇落乾坤大。周流道術空。　又贈比部蕭郎中詩四聯。詞華傾後輩。風雅靄孤騫。又贈集賢崔于二學士詩次聯。氣衝星象表。詞感帝王尊。　又贈虞司馬詩四聯。爽氣金天豁。清談玉露繁。　又賀加鄒國太夫人詩四聯。郡依封土舊。國與大名新。　又贈衛大郎詩次聯。雅量涵高遠。清襟照等夷。

元　稹

送王協律遊杭越十韻〔唐百官志〕太常寺協律郎二人。正八品上。掌和律呂。

唐地理志餘杭郡屬江南道。方輿勝覽北山有上天竺中天竺下天竺。水經注若耶溪水至清明。衆山倒影如畫。孔皐會稽記西蘿山邊有石云是西施浣紗石。方輿勝覽蘭亭在山陰縣王羲之修禊處。本草野蕉似鳧葵浮水上三月至八月莖細如釵股名絲蓴。後漢書桓帝時童謡曰河間姹女工數錢說文姹少女也。吳都賦長干延屬注在越城唐志杭州貢物有藤紙會稽有瓷器。

去去莫淒淒餘杭接會稽。松門天竺寺花洞若耶溪。（六句杭越〇古蹟）（句句帶〇遊字）浣渚逢新艷蘭亭識舊題。山經秦帝望壘辨越王棲。江樹春常早城樓月易低。（四句景色）鏡呈湖面出雲疊海潮齊。章甫官人戴蓴絲姹女提長干迎客鬧小市隔煙迷。（四句風俗）紙亂紅藍壓甌凝碧玉泥。荊南無抵物來日爲儂攜。（紙甌為杭〇越所有望其〇返朝攜贈也〇）

杜牧

夏州崔常侍自少常亞列出領麾幢十韻

唐地理志夏州朔方郡屬關內。百官志散騎常侍。掌規諷過失。備侍從顧問。又太常

漢雋不疑傳褒衣博帶注褒大裾也　五綬五色綬
禮記組綬鄭注組者五色絲織成綬文
唐兵志銀州置銀川監
虓虎見詩常武
尉繚子兵以靜勝國以專勝

少卿掌禮樂郊社稷之事

帝命詩書將登壇禮樂卿三邊要高枕萬里得長（四句命崔切少常）
城對客猶褒博塡門已旆旌腰間五綬貴天下一（四句崔承命）
家榮野水差新燕芳郊弄夏鶯別風嘶玉勒殘日（四句別景）
望金莖榆塞孤煙媚銀川綠草明戈矛虓虎士弓（四句邊景）（主之意）
劒落鵰兵魏絳言堪採陳湯事偶成若須垂竹帛（以安邊望之有爲而言）
靜勝是功名

附牧許七侍御棄官東歸寄贈詩
四聯江山九秋後風月六朝餘

杜甫　以下十二韻

晉書　稽紹土木形骸。

老子　聖人善救人，故無棄物。

莊子　魚相呴以溫，相濡以沫。

高士傳　陳蕃常懸一榻，徐孺子至則下之。

淮南子　甯戚商歌車下，而桓公慨然而悟。

漢書　鄭當時常置驛以待賓客。

舟出江陵南浦奉寄鄭少尹審　由江陵渡江而南，將移居公安，時鄭為江陵少尹。

○若○不○自○辯○者○筆○意○超○忽○　又聊○以自解

更欲投何處，飄然去此都。形骸元土木，舟楫復江湖。○

四句泛述漂泊之概○

社稷纏妖氣，干戈送老儒。百年同棄物，萬國盡窮途。○

四句出南浦之景○

雨洗平沙淨，天銜闊岸紆。鳴螿隨汎梗，別燕起秋菰。○

四句去江陵之故○

棲託難高臥，饑寒迫向隅。寂寥相呴沫，浩蕩報恩珠。○

本於公安○既言隨雁南○征，復想騎鯨○

溟漲鯨波動，衡陽雁影徂。南征問懸榻，東逝想乘桴。

東逝正是○萬國盡窮途○也　末四句○途中之情

濫竊商歌聽，時憂卞泣誅。經過憶鄭驛，斟酌旅情孤。○

○帶寄鄭意○

隋經籍志魏荀勗分四部。總括羣書。盛以縹囊。傳雅鶺鴒鸑鷟鳳凰屬也。按詩以喻徐薛。晋束晳傳汲郡人發魏王冢得竹書數十車。即汲冢周書。遂

獨孤及

奉和中書常舍人衮晚秋集賢院即事寄贈徐薛二侍御

漢家金馬署帝座紫微郎圖籍凌羣玉歌詩冠柏
集賢院○舍人○承首句○承次句

○梁陰陰萬年樹肅肅五經堂揮翰忘朝食研精待
院○中景○舍人○在院

○夕陽晴空露盤迥秋月瑣窗凉遠興生斑鬢高情
院中○晚秋○舍人○寄贈

寄縹囊葳蕤雙鸑鷟鳳昔並翱翔汲冢同刊謬蓬
以上○即事下叙寄○贈四句侍御○昔在朝○

山共補亡差池摧羽翮流落限江湘禁省一分袂
○四句今在○外○

昊天三雨霜石渠遺跡滿水國暮雲長早晚朝宣
于今三年○舍人處○侍御處○結望

山以喻禁中。三輔舊事石渠閣在未央殿北以藏秘書。

世說魏明帝使毛曾夏侯太初共坐人謂蒹葭倚玉

○其還朝

室歸時道路光

韓愈

和席八 夔 十二韻

四句總領○以下分承

絳闕銀河曙東風右掖春官隨名共美花與思俱

四句寫席○寓直承絳闕○句

新綺陌朝遊間綾衾夜直頻橫門開日月高閣切

、四、句、省、中○春、景、承、東、風○句

星辰庭變寒前草天銷霽後塵溝聲通苑急柳色

四句寓直○之事承官隨○句

壓城勻綸綍謀猷盛丹青步武親芳菲含黼藻光

四句在直○作詩承花與○句

景暢形神傍砌看紅藥巡池咏白蘋多情懷酒伴

四句自謂○見和詩意

餘事作詩人倚玉難藏拙吹竽久混真坐慙空自

樹。〔韓非子〕齊宣王使人吹竽必三百人南郭處士請吹王說之廩食數百人宣王死湣王立好一一聽之處士逃

〔漢書注應劭〕曰竹使符皆以竹箭鐫刻篆書

老江海未還身。

此和夔春夜省中寓直之作

武元衡

奉酬淮南中書相公見寄〔唐地理志〕淮南道古揚州域 中書相公出鎮

揚州隋故都竹使漢名儒翊聖恩華異持衡節制 四句承翊聖句

殊朝廷連受脤台座接訏謨金玉裁王度丹書奉

帝俞九重辭象魏十萬握兵符鐵馬秋臨塞虹旌 四句承持衡句

夜渡瀘江長梅笛怨天遠桂輪孤浩歎煙霜曉芳 四句出鎮後離思起下見寄

期蘭蕙蕪雅言書一札賓海雁東隅歲月奔波盡 四句見寄

河圖括地象岷山之精上為井絡。

謝安石傳時人語曰安石不出其如蒼生何。漢東千秋傳代劉屈氂為丞相封富民侯民作人避太宗廟諱也 吉甫頌見詩大雅 漢張良傳請借前箸為大王籌之

松喬赤松王子喬也 晉書孔愉有公才而無公望

音嶽霧雨濡蜀江分井絡錦浪入淮湖獨抱相思恨關山不可踰 四句奉酬時武在蜀

高適 韻十六

留上陳左相 陳希烈宋州人明皇時為左丞相

德以精靈降時膺夢寐求蒼生謝安石天子富人侯尊俎資高論巖廊抱大猷相門連戶牖卿族嗣弓裘豁達雲開霽清明月映秋能為吉甫頌善用子房籌階砌思攀陟門闌尚阻修高山不易仰大匠本難投跡與松喬合心緣啓沃留公才山吏部

四句總領 紹國 承家 襟懷 才幹 複前 四句投契之難關 四句言其心本愛才合

晉山濤為吏部尚書。舉無失才。杜預有左傳癖。校適本傳中第調封丘尉。莊子天地一指也。萬物一馬也。史記范蠡乘扁舟遊於江湖。

漢書宣帝畫霍光等十二人於麒麟閣。略地見左傳。舊書天寶六載翰為隴右

書癖杜荆州。幸沐千年聖。何辭一尉。休折腰知寵辱。迴首見沉浮。天地莊生馬。江湖范蠡舟。逍遙堪自樂。浩蕩信無憂。去此從黃綬。歸歟任白頭。風塵與霄漢。瞻望日悠悠。（以下自述）（挽、判、左○相）

杜甫（以下二十韻）

○投贈哥舒開府翰二十韻（唐書天寶十一載翰自隴右節度副大使加開府儀同三司）

今代麒麟閣。何人第一功。君王自神武。駕馭必英雄。開府當朝傑。論兵邁古風。先鋒百戰在。略地兩（入手、高、朗、領、得、起）（八句叙舊績）（言隴右戰功）

節度使築城于青海中吐蕃屏跡。【趙注】外寇起則傳箭為號。無傳箭息兵也。天山挂弓亦言功成息戰。【新書】肅宗時以九曲地為吐蕃公主湯沐邑自是易入寇。【朱注】十二載翰悉收其地置洮陽郡。 槽

【舊書】翰與禄山思順來朝上命結為兄弟賜寰京城東十二載進封西平郡王。

【杜臆】達旨引文王出獵遇太公卜辭曰非熊非羆 策行二句謂惟其用計不戰故能上合天心 題柱用司馬相如題橋柱事

【晉書】孫楚為石苞參軍

【吳志】拔呂蒙於行陳【按】二

隅空青海無傳箭天山早挂弓廉頗仍走敵魏絳（八句敘新功為河西節度時）

已和戎每惜河湟棄新兼節制通智謀垂睿想出

入冠諸公日月低秦樹乾坤繞漢宮胡人愁逐北（帝業光昌皇輿廣大）（威名）（八句敘錫命）

宛馬又從東受命邊沙遠歸來御席同軒墀曾寵（遠服）（指禄山）

鶴畋獵舊非熊茅土加名數山河誓始終策行遺（指翰）

戰伐契合動昭融勳業青冥上交親氣概中未為（句流水）（結上起下轉捩圓健）（以）

珠履客已見白頭翁壯節初題柱生涯獨轉蓬幾（下白敘）

年春草歇今日暮途窮軍事留孫楚行間識呂蒙

防身一長劍將欲倚崆峒（希進意有身分）（切隴右）

句指嚴武高適輩在翰幕府遇羨英才而自求引拔也

魏志三韓辰韓馬韓弁韓

詩簡兮序注伶氏世掌樂官故後世號樂官為伶官

初唐長律只六韻八韻廣至十餘韻而止高杜諸公始創為二十韻以外而達大長篇猶但事鋪排未臻變化即信安王幕府三十韻可証也獨少陵氣盛學贍才大心細天風海濤魚龍出沒所謂多多益善凌跨百代莫之能偶中晚以降若元白以流易為宗温李惟堆垛是尚其於老杜鉤心闘角神動天隨之妙實未窺見故是集大篇多採杜集以標宗主其他慎為別裁不使黄鐘瓦釜共鳴致淆觀聽也發凡於此

奉贈太常張卿垍二十韻 唐書張說傳二子均垍皆能文

八句張致○貴之由垍尚○主故以仙境○人迷莫到

方丈三韓外崐崘萬國西建標天地闊詣絶古今

○說○起○ ○ ○尚○主○親○貴○ ○ ○—父說相元○宗

迷氣得神仙迥恩承雨露低相門清議衆儒術大

○十六句正頌○昔言一門貴○仕陪出垍為○太常

名齊軒冕羅天闕琳瑯識介珪伶官詩必誦夔樂

爾雅注鸊鵜膏中瑩刀劍。南史謝舉傳人倫儀表久著公望。端倪見莊子注端緒也倪畔也。陸倕漏刻銘靈虬承注。公嘗客吳越遊梁宋。後漢馬援傳畫虎不成反類狗者也。莊子孔子見老子出語顏回曰丘之道其猶醯雞乎。注甕中蠛蠓也。按揚雄傳客有薦雄文似相如者。末二句終望張之薦引也。

典猶稽健筆凌鸚鵡銛鋒瑩鸊鵜友于皆挺拔公（文○才 華○望）
望各端倪通籍踰青瑣亨衢照紫泥靈虬傳夕箭（通○顯 寵○ ○脊○ 名○勳 階）
歸馬散霜蹄能事聞重譯嘉謨及遠黎弼諧方一（○級 ○以下自叙 ○遠遊浪跡 獻）
展班序更何躋適越空顛躓遊梁竟慘悽謬知終（賦○被 庠 懷張雅誼○嘗）
畫虎微分是醯雞萍泛無休日桃陰想舊蹊吹噓（見推○終不遇 ○、亦、用、仙、家○語、與、篇、首、略○照）
人所羨騰躍事仍睽碧海真難涉青雲不可梯顧（幾於仰○首鳴號）
深慙鍛鍊才小辱提攜檻束哀猨叫枝驚夜鵲棲（、、仍、以、賦○才、玉、質、自、待○）
幾時陪羽獵應指釣璜溪

上韋左相二十韻（元宗紀天寶十三載文部侍郎韋見素同平章事。）

時明皇在位四十二年。言四十舉成數也。（唐書）上嫌宰相非人。國忠舉見素。帝以相王府屬有舊恩。遂用之。所謂思賢憶舊也。（曹植獻馬表）形法應圖。（蜀志）周𡸁為吏部尚書。沙汰穢濁。（史記）范雎字叔。入秦為客卿。（後漢李固傳）北斗為天之喉舌。尚書為陛下喉舌。韋為尚書故云。（書）畢公率東方諸侯。（注）司馬第四。畢公領之。韋為武部尚書。故曰東方。持衡。言昔為侍郎。聽履。言今為尚書。（魏志）管輅明天文地理變化之數。（漢陳導傳）與人尺牘

從盛朝擇○相妙選世臣○說入與贈哥○舒篇同

鳳歷軒轅紀龍飛四十春八荒開壽域一氣轉洪

○高屋建領勢○　　○　　○

鈞霖雨思賢佐丹青憶舊臣應圖求駿馬驚代得

○　○　○叙○相○業○十○字○簡○老○　謂其父湊○已能

麒麟沙汰江河濁調和鼎鼐新韋賢初相漢范叔

薦賢○　指見素　○應韋賢句　○比○世○胄○東○上○　○

已歸秦盛業今如此傳經固絕倫豫章深出地滄

○比○襟○量○開　下——十二○句頌其才望○從宋獎風流○

海闊無津北斗司喉舌東方領搢紳持衡留藻鑑

處言之干○請意對面着○筆於下段作○彎弓背射

聽履上星辰獨步才超古餘波德照鄰聰明過管

○勢——下交意○——凡士類○本當登用○惟上急

輅尺牘倒陳遵豈是池中物由來席上珍廟堂知

親○賢斯下息奔○競、、接、入、自○已、每、用、承、上○起下

至理風俗盡還淳才傑俱登用愚蒙但隱淪長卿

法——○——○為流俗所○驅——○

多病久子夏索居頻回首驅流俗生涯倚衆人巫

藏以爲榮。倒壓倒也。漢
書司馬相如有消渴疾。
索居見禮記。列子鄭有
神巫曰季咸知人禍福壽
夭。

唐賀知章傳自號四明狂
客。按白憶賀監詩序賀公
一見呼余爲謫仙人。唐
書白召見金鑾殿奏頌一
篇供奉翰林。范傳正墓
碑元宗泛白蓮池召公作
序時公已醉命高力士扶
以登舟。
西京雜記梁孝王築兔園
家語孔子行歌泗水之上。
二句言洛陽齊魯間同遊
之勝事也。孔融薦禰衡

咸不可問鄒魯莫容身感激時將晚蒼茫興有神
結有興會不作乞憐語
爲公歌此曲涕淚在衣巾
以意已在前段也
○寄李十二白二十韻
昔年有狂客號爾謫仙人筆落驚風雨詩成泣鬼
先美其才
神聲名從此大汨沒一朝伸文彩承殊渥流傳必
次溯其遇
絕倫龍舟移棹晚獸錦奪袍新白日來深殿青雲
直入禁苑 群英
滿後塵乞歸優詔許遇我宿心親未負幽棲志兼
却收 次叙其辭歸後兩人交與之情 反伏
全寵辱身劇談憐野逸嗜酒見天真醉舞梁園夜
後半篇
行歌泗水春才高心不展道屈善無鄰處士禰衡
折到今之被放 筆如屈鐵 才俊家

表曰處士。原憲貧見家語。後漢馬援傳征交趾載薏苡種還人謗之以為明珠大貝。賈誼為長沙王傅有鵩集於舍作鵩鳥賦。漢書黄公避秦入商山。又楚王戊不為穆生設醴。生曰可以逝矣遂去。又鄒陽獄中上梁王書。與猶為也。

漢官儀諸侯功德優盛賜位特進。表表帥也。魏

儉諸生原憲貧稻粱求未足薏苡謗何頻五嶺炎蒸地三危放逐臣幾年遭鵩鳥獨泣向麒麟蘇武元還漢黄公豈事秦楚筵辭醴日梁獄上書辰已用當時法誰將此議陳老吟秋月下病起暮江濱莫怪恩波隔乘槎與問津

杜甫

贈特進汝陽王二十二韻舊唐書讓皇帝長子璡。封汝陽郡王。天寶初加特進。百官志文散階正二品。曰特進。

特進羣公表天人夙德升霜蹄千里駿風翮九霄

略 邯鄲淳見曹植嘆為天人。（鍾繇表）不差毫髮。賈子新書十毫曰髮。十髮曰氂。若無憑以如失左右手。意為是兩句遞說。（曹植七啓）浮蟻鼎沸。（注）酒名。（舊唐書）讓皇帝葬橋陵號惠陵。璡上表懇辭。（参注）此所謂誰敢問山陵也。以曹植比汝陽。自謙不如王粲輩。故曰已忝。以杜密自比。見汝陽可方李膺。故曰何如。（按後漢書）膺密名行相次。時稱李杜。（西征記）太極殿前有金井。（逸士傳）許由手捧水飲。

鵬服禮求豪髮推忠忘寢興聖情常有眷朝退若
四聯以忠○謹兩荷上眷○
無憑仙醴來浮蟻奇毛或賜鷹清關塵不雜中使
日相乘晚節嬉遊簡平居孝義稱自多親棣萼誰
兩聯內行○之醇
敢問山陵學業醇儒富辭華哲匠能筆飛鸞聳立
兩聯才華○之美 以上○
章罷鳳騫騰精理通談笑忘形向友朋寸長堪繾
頌美汝陽○ ○四○語○搭○上○起○下○減○盡○承○接○痕○跡○此○長○律○要○訣○
綣一諾豈驕矜已忝歸曹植何如對李膺招要恩
以下自叙○ 虛
寓○領下 四聯禮遇○之厚
屢至崇重力難勝披霧初歡夕高秋爽氣澄樽罍
臨極浦鳧雁宿張燈花月窮遊宴炎天避鬱蒸硯
如
寒金井水麝動玉壺冰瓢飲惟三徑嚴棲在百層
入清涼○界意緖染法○言以野處○之人得相親○

人遺以一瓢飲訖掛樹上。高士傳蔣詡歸杜陵荊棘塞門舍中三徑。東方朔傳以蠡測海注瓢勺也。如澠見左傳。劉向傳淮南王有鴻寶秘書。謝靈運詩即此凌丹梯注山也蓋謂升仙之路。神仙傳淮南王客數千人。晉隱逸傳孫登居北山嵇康從之遊登決其難危康果遭非命作詩曰昔慚柳下今愧孫登按謂身遇賢王非若康之所遇非時也。漢律曆志天有六氣降生五味按六氣陰陽風雨晦明也。漢書東方朔傳提封頃畝注謂提舉四封

近庶幾仙梯可接皆感佩語

諺持蠡測海況挹酒如澠鴻寶寧全秘丹梯庶可凌淮王門有客終不愧孫登

杜臆曰。韻用十蒸。頗難。此篇收取殆盡。須看其落韻之巧。附甫贈鮮于京兆詩起四聯。王國稱多士賢良復幾人異才應間世爽氣必殊倫始見張京兆宜居漢近臣驊騮開道路鵰鶚離風塵

顧況二十四韻

送從兄使新羅

八句遣使之由大處落墨

六氣銅渾轉三光玉律調河宮清奉賛海嶽晏來朝地絕提封入天平賜貢饒揚威輕破虜柔服耻

二十句　奉使途景

征遼曙色黃金闕寒穀白鷺潮樓船非習戰驄馬
是嘉招帝女飛銜石鮫人賣淚綃管寧雖不偶徐
市儻相邀獨島緣空翠孤霞上泬寥蟾蜍同漢月
螮蝀異秦橋水豹橫吹浪花鷹迥拂霄晨裝凌莽
渺夜泊記招搖幾路通員嶠何山是沃焦颶風晴
汩起陰火暝潛燒鬢髮成新髻人參長舊苗扶桑
銜日近析木帶津遙夢向愁中積魂當別處銷臨
川思結網見彈欲求鴞共散羲和歷誰差甲子朝
滄波仗忠信譯語辨謳謠疊鼓鯨鱗隱陰帆鷁首

四句新羅

以下送

隋煬帝紀大業七年。征遼左軍。號二百萬。枚乘七發濤始起也。若白鷺之下翔。山海經鳥名精衛。自呼曰赤帝之女。常取石以填海。魏管寧傳將家屬浮海。史記秦始皇遣徐市入海求仙。齊地記始皇作石橋。欲過海觀日出處。西京賦搚水豹。漢天文志近北斗者招搖。莊子司馬彪注尾閭水之從海出者也。一名沃焦。嶺表錄異夏秋雄風曰颶。爾雅析木謂之津。莊子見彈而求鴞炙。

山海經秦器之山多鰩魚常行西海。西都賦靈草冬榮。漢書注洞通也簫之無底者曰洞簫。

言故人何嘗寂寞乎今我獨見淒凉耳。

沈鮑謂沈約鮑照。

唐書曹嘉謨文章本經術以監察御史卒又駱賓王

飄南滇垂大翼西海飲文鰩指景[illegible]靈草排雲聽洞簫封侯萬里外未肯後班超

杜甫 三十韻

寄彭州高三十五使君適虢州岑二十七長史參三十韻

二句賓主○旅長 項次句

故人何寂寞今我獨淒凉老去才難盡秋來興甚長物情尤可見辭客未能忘海內知名士雲端各

承上句泛說 籠高岑起下

異方高岑殊緩步沈鮑得同行意愜關飛動篇終

此段應故人何寂寞四句稱其文翰

接混茫舉天悲富駱近代惜盧王似爾官仍貴前

六句稱其官職

能詩，終臨海丞。又盧照鄰
官止新都尉，自沈潁水死。
又王勃官止虢州參軍，溺
水悸而卒。庾亮書：別駕
任居刺史之半。沈約文：
因遇沈痾，綿留氣序。

錢箋：龍鍾，演義謂不昌熾、
不翹舉。襄陽耆舊傳：龐
德公隱鹿門山，劉表求之
不得。心微句謂寄情物
類，肉瘦句謂托身畏途，摠
言凄涼之況。
水經注：天彭山兩相對，其
形如闕，謂之天彭門。虢
略見李傳。唐書：虢州先曰
虢州，以虢湖名。寰宇記

賢命可傷。諸侯非棄擲，半刺已翺翔。詩好幾時見。（使君　長史）
書成無信將。男兒行處是，客子鬬身強。羈旅推賢（此、伎、應、今、我、獨、凄、涼、　項、行、處、）
聖。沈緜抵咎殃。三年猶瘧疾，一鬼不銷亡。隔日搜（是、項、鬬、身、強　自叙存秦，病瘧言多病而凄涼）
脂髓，增寒抱雪霜。徒然潛隙地，有靦屢鮮妝。何太（又、粘上、領下、　此言遠客而凄涼　無）
龍鍾極，于今出處妨。無錢居帝里，盡室在邊疆。劉
表雖遺恨，龐公至死藏。心微傍魚鳥，肉瘦怯豺狼。（計相依　沒身僻處）
隴草蕭蕭白，洮雲片片黃。天彭劍閣外，虢略鼎湖（秦州景引下　彭州　虢州）
旁。荊玉簪頭冷，巴牋染翰光。烏麻蒸續曬，丹橘露（四句一彭二虢分寫）
應嘗。豈異神仙宅，俱兼山水鄉。竹齋燒藥竈，花嶼（四句合寫　以上應前雲端句末段）

荆山在潟湖縣。出美玉。
〔紙譜〕蜀牋紙有經眉表光等名。
〔本艸〕烏麻生中原山谷。
〔蜀都賦〕户有橘柚之園。
〔列子〕貧者士之常。

應前詞客向——挽到文章——挽到官
讀書朓更得清新否遥知對屬忙舊官寧改漢淳
識——叙波此雲泥異得太平聚首是寄
俗本歸唐濟世宜公等安貧亦士常蚩尤終戮辱
詩木旨——應轉詩好二句
胡羯漫猖狂會待妖氛靜論文暫裹糧

黃山谷曰。凡始學詩。每作一篇。先立大意。若長篇須曲折三致意。乃為成章。仇滄柱曰。凡排律多在首聯挹題。若作長排。必在首段總挈。如此篇用四語標眼。後用四段分應。寄賈嚴五十韻用兩語提綱。後用兩扇對承。細心體認。方見杜詩脉絡之精密。

杜　甫　五十韻

○寄岳州賈司馬六丈巴州嚴八使君兩閣老五十韻〔賈至〕傳坐小法。貶岳州司馬。〔嚴武〕傳坐房琯事。貶巴州刺史。

【後漢嚴光傳】耕富春山。人名其釣處爲嚴陵瀨。【又】光武與光同卧。太史奏客星犯帝座。
【庾信賦】猶有雲臺之仗。
【國策】燕破齊七十餘城
【莊子】趙王喜劍。客來者三千餘人。【天官書】昴曰旄頭。胡星也。【晉書】苻堅代晉而敗。爲鮮卑所滅
【史記】宋王偃以革囊盛血而射之。名曰射天。【唐書】鳳州有寶雞。本陳倉縣
太白山【史記】死人如亂麻【晉杜預傳】兵威已震。勢如破竹。
公爲息從故

首尾提兩人謫官起
衡岳猿啼裹巴州鳥道邊故人俱不利謫宦兩悠
然開闢（開）乾坤正榮枯（合）雨露偏長沙才（賈）子遠釣瀨（嚴）客
此叚追述帝在鳳翔時事哥舒敗績徵兵
星懸憶昨趨行殿殷憂捧御筵討胡愁李廣奉使
回紇明皇出奔西京失守河北皆陷軍
待張騫無復雲臺仗虛修水戰船蒼茫城七十流
士潰散 西方 東都 四句指
落劍三千畫角吹秦晉旄頭俯澗瀍小儒輕董卓
安史 以上敘寇亂下敘克復
有識笑苻堅浪作禽填海那將血射天萬方思助
慶緒
順一鼓氣無前陰散陳倉北晴熏太白巔亂麻屍
敗范陽復 此段追述反正後事所謂開
積衛破竹勢臨燕法駕還雙闕王師下八川此時
闢乾坤正也
霑奉引佳氣拂周旋貔虎閒金甲麒麟受玉鞭侍

日省奉引

唐書 肅宗還京。哭廟三日。又 乾元元年正月。上皇授帝傳國寶。後漢書 章帝以梁漢儲米給民。應劭漢書注 水衡少府。皆天子私藏 內蕊宮莎。大內中花草。纈綿特借以比況。亂後見之。彌覺可喜耳。蜀都賦 鳥鎩翮 注 鎩殘也。漢書 史丹伏青蒲流涕 注 青緣蒲席也。許指公疏救房琯事 顏炎武曰。諸生應用伏生事。伏不名虔。蓋誤用服虔也

臣諳入仗。麃馬解登仙。花動朱樓雲。城凝碧樹煙。上寫主上還京之喜
衣冠心慘愴。故老淚潺湲。哭廟悲風急。朝正霽景
鮮。下叙同朝共事之樂。及激下賤之遷逐 月分梁漢米。春給水衡錢。內蕊繁于纈。宮莎軟
勝緜。恩榮同拜手。出入最隨肩。晚著華堂醉。寒重
繡被眠。四句轉軸。謂 轡齊兼秉燭。書枉滿懷牋。每覺昇元輔。深
期列大賢。房琯一敗。諸賢並斥。所謂榮枯兩路偏也 秉鈞方咫尺。鎩翮再聯翩。禁掖朋從改。
微班性命全。接入自慨 青蒲甘受戮。白髮竟誰憐。弟子貧原
憲。四句 諸生老伏虔。師資謙未達。鄉黨敬何先。舊好腸
堪斷。寄慨賈嚴 新愁眼欲穿。巴州 翠乾危棧竹。岳州 紅膩小湖蓮。賈筆

司馬遷文：韓非囚秦，說難孤憤。仇滄柱謂賈誼應用長沙痛哭流涕語，嚴詩則用嚴助作賦頌十數篇意。

後漢黃香傳：與郡從政。杜氏通典：開皇初，改治中為司馬。

謝靈運詩：屯遭見易屯卦，遂得靜者便。

論孤憤嚴詩賦幾篇定知深意苦莫使衆人傳貝（八句以詩文之禍爲戒）

錦無停織朱絲有斷絃浦鷗防碎首霜鶻不空拳

地僻昏炎瘴山稠隘石泉且將棊度日應用酒爲（嚴疑刺史，賈疑司馬，雖爲吏而實比）

年典郡終微眇治中實棄捐安排求傲吏比興展（家居，搔首蒼茫筆墨飛舞，以上爲兩人）

歸田去去才難得蒼蒼理又元古人稱逝矣吾道（致惜，身在秦州，史思明縱反）

卜終焉隴外翻投跡漁陽復控弦笑爲妻子累甘（以上述）

與歲時遷親故行稀少兵戈動接聯他鄉饒夢寐（自已憂時、頂隴外八句、順帶、遙接地僻）

失侶自迍邅多病加淹泊長吟阻靜便如公盡雄（十二句逆繳）

俊志在必騰騫

舊注 巂州以西有烏蠻。

鮑照詩 雙劍將別離，先在匣中鳴。

梁橋冰川詩式曰：作大篇，當布置首尾停勻，腰腹肥滿，多見人前面有餘，後面不足，前面極工，後面草草，不可不知。又曰：作大篇，須有開闔，乃妙。又曰：長律妙在鋪敘，時將一聯挑轉，又平平說去，如此轉換數匝，却將数語收拾，乃妙。按梁氏三說，皆長律大篇秘要，足與此詩印合，讀者詳之。

杜甫 一百韻

秋日夔府詠懷奉寄鄭監審李賓客之芳一百韻 按 鄭審為秘書少監，李之芳拜禮部尚書，改太子賓客，時兩人俱在峽外。

首段領起夔府詠懷大意，自寓安至此，閲時已久。

絕塞烏蠻北，孤城白帝邊。飄零仍百里，消渴已三年。

將去夔東行，閉亂阻身衰歸。

雄劍鳴開匣，羣書滿繫船。亂離心不展，衰謝日地鏡圖楚氣如馬。
蜀都賦濱以鹽池。劉注出新井縣。晉書荊楚多畲田先縱火而後下種。
公以嚴武薦引奏爲參謀檢校工部員外郎。

（期無望合）

蕭然筋力妻孥問菁華歲月遷登臨多物色陶冶賴詩篇峽束滄江起巖排古樹圓拂雲霾楚氣朝海蹴吳天煮井爲鹽速燒畬度地偏有時驚疊嶂何處覓平川鸂鶒雙雙舞獼猴壘壘懸碧蘿長似帶錦石小如錢春草何曾歇寒花亦可憐獵人吹戍火野店引山泉喚起搔頭急扶行幾屐穿兩京猶薄產四海絕隨肩幕府初交辟郎官幸備員瓜時拘旅寓萍泛苦黃綠藥餌虛狼籍秋風灑靜便開襟驅瘴癘明目掃雲煙高宴諸侯禮佳人上客

（登○也多物色也 二句引起○先敘客暮之○由 以○上所謂 次述在○變情事○寫衰病應前○消渴 承上○秋風○項上幕府說○到接宴）

唐書開元十四年，又增廣興慶宮謂之南內。唐會要開元二年上於梨園自教法曲號皇帝梨園弟子。莫得毋也。後漢書論耿賈之洪烈，謂耿弇賈復也。

管子權不兩錯，政不一門。

詩序七月陳王業也，周公遭變陳后稷先公風化所由。又鴻雁美宣王能勞來還定安集也。一統志一柱觀在松滋縣。元和郡國志下牢鎮在夷陵。原注

○○○○○○○○借○當○逆○踐○曲○怨○然○叫○首○京○
前哀箏傷老大華屋艷神仙南内開元曲常時弟
○華○暗○渡○下○跂○此○種○少○陵○所○獨○
子傳法歌聲變轉滿座涕潺湲弔影夔州僻回腸
下 ○叫 跂 德 張 安○先 言 淫 亂 ○ 慼 靈 武 將○相
杜曲煎即今龍廐水莫帶犬戎羶耿賈扶王室蕭

曹拱御筵乘威滅蠭蠆戮力效鷹鸇舊物森猶在
祈 叛 將 猶○在○○○○○○○○○○○○請○官○豐○
凶徒惡未悛國須行戰伐人憶止戈鋋奴僕何知
○典○兵○○○○○ 吐 蕃 入 寇○ 次 言
禮恩榮錯與權胡星一彗孛黔首遂拘攣哀痛絲
國○治 中 興 指 罪○己 大 赦 等 事○

綸切煩苛法令蠲業成陳始王兆喜出于畋宮禁
○並 從 人 才 着○筆 又 爲 晴 渡○下 跂 鄭 李 地○
經綸密台階翊戴全熊羆載呂望鴻雁美周宣側
承上 領下 五○跂 須 鄭 李 ○
聽中興主長吟不世賢音徽一柱數道里下牢千

鄭在江陵，李在夷陵。陰何，陰鏗、何遜也。〔文心雕龍〕雅好清省。沈宋，沈佺期、宋之問也。〔朱异詩〕或賦聯翩之章。〔韓詩外傳〕時有燥溼，絃有緩急。〔莊子〕得魚而忘筌。〔後漢李膺傳〕獨持風裁，被延接者名為登龍門。〔永嘉郡記〕青田鶴精白可愛，多云神仙所養。〔漢張良傳〕四皓從太子遊，羽翼已成。〔後漢書〕學者稱東觀為道家蓬萊。〔江總集序〕皇儲以山水衲袍降賜。江陵在巴東，故曰東郡。

鄭李光時論，文章並我先。陰何尚清省，沈宋欻聯

八句稱其詩才

翩。律比崐崘竹，音知燥溼絃。風流俱善價，愜當久

八句稱其交誼，預伏第九段出峽往晤意

忘筌。置驛常如此，登龍蓋有焉。雖云隔禮數，不敢

愛士好道入才樂

墜周旋。高視收人表，虛心味道元。馬來皆汗血，鶴

歸 八句稱其宦跡

唳必青田。羽翼商山起，蓬萊漢閣連。管寧紗帽淨，

為二公冗散惜，預伏第八段望其

江令錦袍鮮。東郡詩題壁，南湖日扣舷。遠遊凌絕

入朝意。引起來、翰、色、下、八聯。六段

境，佳句染華牋。每欲孤飛去，徒為百慮牽。生涯已

故里難歸，無家可問，悲

寥落，國步乃迍邅。衾枕成蕪沒，池塘作棄捐。別離

弟妹，思祖父，念西東二京

憂怛怛，伏臘涕漣漣。露菊班豐鎬，秋蔬影澗瀍。共

二五二

漢書莊君平卜於成都得百錢則閉肆下簾。晉王獻之傳夜有偷人入其室獻之曰青氊我家舊物可特置之。晉桓溫傳諸葛亮造八陣圖於魚復平沙之上。原注峽人目市井泊船處曰市暨江水通山谷處謂之瀼。貨殖傳岷山之下有蹲鴟注芋也。任昉述異記吳中有陸家白蓮種。西京雜記嶧陽栗大如拳。三鱣見楊震傳詩意謂旅食淡泊也。馬韉見戰

誰論昔事幾處有新阡富貴空回首喧爭懶著鞭
故交○凋謝 已亦懶○於進取
兵戈塵漠漠江漢月娟娟局促看秋燕蕭疏聽晚
遙想婦○途阻絕 、在、變之、況○激、下、騷、、
蟬雕蟲蒙記憶烹鯉問沉緜卜羡君平杖偷存子
○兒、轉、鄭、李、遺○書、開、下、段、答○述 七疑 借○述 居 變
敬氊囊虛把釵釧米盡折花鈿甘子陰涼葉茅齋
秋○兒以答二公○之問以上飲○食
八九椽陣圖沙北岸市暨瀼西顛羈絆心常折棲
以上居室○ 八句申飲○食
遲病即痊紫收岷嶺芋白種陸池蓮色好梨勝頰
穰多栗過拳敕廚惟一味求飽或三鱣兒去看魚
八句申
笥朋來坐馬韉縛紫門窄窄通竹溜涓涓塹抵公
○居室 八
畦稜邨依野廟堧缺籬將棘拒倒石賴藤纏借問

國策：猶言坐客寒無氈也。
張華鷦鷯賦：育翩翾之陋體。
漢匡衡字稚圭，成帝時數上疏。後漢服虔傳：入太學受業，舉孝廉。
舊唐書：道信與宏忍並住蘄州雙峰山寺。傳燈錄：達摩至六祖慧能，以法及衣相傳。河津神會禪師嗣六祖禪宗，推為七祖。原注：李高藺有謝傅之風。李

段　因○身既蘇官望○二公入朝佐○主以上自述○
頻朝謁何如穩醉眠誰云行不逮自覺坐能堅霧
自已　二公　○二○公○　○自○己○
雨銀章澀馨香粉署姸紫鸞無近遠黃雀任翩翾
○頂○聯○　○頂○聯○　十句畾鄭○李
困學違從衆明公各勉旃轂華夾宸極早晚到星
躔懇諫留匡鼎諸儒引服虔不過輸鯁直會是正
陶甄宵旰憂虞軫黎元疾苦騈雲臺終日畫青簡
○九○段○欲○出○峽○求○禪○與○二○公相晤　承○行
爲誰編行路難何有招尋興已專由來具飛檝暫
路　四句承招○尋　爲下段○張本
擬控鳴弦身許雙峰寺門求七祖禪落帆追宿昔
四句欲訪○二公亦承招○尋
衣褐向真詮安石名高晉昭王客赴燕途中非阮
四句自夔○之荆亦承行○路
籍查上似張騫披豁雲寧在淹留景不延風期終

宗親有燕貽之美。彌勒成佛經大迦葉是佛大弟子。列仙傳偓佺能飛行逐走馬。香爐峰在廬山，故曰轉盼。橘井在馬嶺上，故曰高褰。歸鶴謂遼東用丁令威事。跕鳶謂交趾用馬援傳語。晉書顧愷之嘗於瓦官寺畫維摩像。文選王屮頭陀寺碑文。天台山賦衆香馥以揚烟。決定經初地二地至于十地。楞嚴經發大勇猛。涅盤經如目盲人以金篦刮其眼膜。圓覺經諸如來心如鏡中象。

破浪水怪，莫飛涎。他日辭神女，傷春怯杜鵑。淡交（溯昔出荊之峽，悄）（來去夔留荊寄詩，意已盡。末段申上身許求）

隨聚散，澤國遶洄沿。本自依迦葉，何曾藉偓佺。爐（禪以終詠懷之意。以上四句言遍求。）

峰生轉盼，橘井尚高褰。東走窮歸鶴，南征盡跕鳶。（佛地以下八句言栖心佛地，決定歸依）

晚聞多妙教，卒踐塞前愆。顧愷丹青列，頭陀琬琰

鐫。衆香深黯黯，幾地肅芊芊。勇猛為心極，清羸任（結到攝象歸空，將眼前身世交遊一齊刊落）

體孱。金篦空刮眼，鏡象未離銓。

浦二田曰：久稽夔府，空想京華。喜鄭李僑居峽外，故於沮歸坐困之餘，思與共遊。雖祝彼登朝，而仍約就訪。因以投老空門，為此生歸宿。此通首大旨。王嗣奭曰：題属詠懷，故篇中詳於自叙，而轉換穿插，妙合自然。唐人百韻詩，杜公首倡，句句精緻，字字峭拔，真千古獨擅之長。仇

滄柱曰短章詩斷處多用突接長體則須用鉤挑之法每段出落處回顧上文者為鉤逗起下文者為挑必層層聯絡各有關合照應否則散漫不屬矣玩此詩逐段鉤挽挑逗俱見作法之巧

清麗集卷五終

子昂字伯玉射洪人官右拾遺。

惜字文詩滄江人殿中侍御史。

理爵里無攷。

唐人五言長律清麗集卷六目錄

紀述

六韻詩二十首

諱字正言河南人官禮部
侍郎

曉行巴峽

早秋與諸子登虢州西亭觀望

岑参

陪竇侍御汎靈雲池

高適

宿香山寺石樓

李頎

同諸公遊雲公禪寺

張謂

重經昭陵

杜甫

春歸

自道林寺西入石路至麓山寺過法崇師故

融字子華越州山陰人官翰林承旨。

居　劉長卿

棲霞寺東峰尋南齊明徵君故居

題王山邨叟屋壁　錢起

中書即事　裴度

武侯廟古柏　李商隱

題永崇西平王宅太尉愬院六韻

杜牧

花村六韻　吴融

八韻詩九首

審。秘書監。

宗元字子厚。河東人。終柳州刺史。

宿温城望軍營　駱賓王

早發始興江口至虛氏邨作　宋之問

秋日登揚州西靈塔　李白

奉使巡檢兩京路種果樹事畢入秦因詠歌　鄭審

陪竇侍御靈雲南亭宴詩得雷字　高適

韋使君黄溪祈雨見名從行至祠下口號　柳宗元

昱，荆州人，官刺史。
袞，京兆人，同平章事。
士諤，泰山人，官資州刺史。

棠字文化涇縣人官江寧丞

禹錫，字夢得，彭城人，終檢校工部尚書。

大曆三年春白帝城放船出瞿塘峽久居夔府將適江陵漂泊有詩

杜甫

丹鉛錄二庭者南庭北庭南單于北單于也漢西域傳河有兩源一出葱嶺一出于闐于闐在南山下其河北流與葱嶺合班固燕然山銘焚老上之龍

唐人五言長律清麗集卷六

吳縣徐日璉商徵
元和沈士駿文聲 同輯

紀述

駱賓王 以下六韻

夕次蒲類津 唐地理志北庭大都護府有蒲類縣

二庭歸望斷（警策）萬里客心愁山路猶南屬河源自北流晚風連朔氣新月照邊秋（四句邊景）竈火通軍壁烽煙上戍樓（開）龍庭但苦戰燕頷會封侯（合）莫作蘭山下空令

庭。〔後漢書〕班超燕頷虎頭。〔漢書〕李陵至皐蘭山南矢盡遂降。

一統志夔州府春秋時巴國。〔蜀志〕先主至白帝改魚復爲永安宮居之

漢國羞。

前用二庭。後又用龍庭。犯復。附實王靈隱寺詩三四聯。樓觀滄海日。門聽浙江潮。桂子月中落。天香雲外飄。以七韻不入選。

陳子昂

○白帝城懷古〔郡國志〕公孫述據蜀。有白龍出殿前井中。自以承漢土德。更號魚復爲白帝城。

開下四句懷古

日落滄江晚。停橈問土風。城臨巴子國。臺沒漢王

四句白帝城之景

宮。荒服仍周甸。深山尚禹功。巖懸青壁斷。地險碧

應停橈句

流通。古木生雲際。孤帆出霧中。川途去無限。客思

王粲登樓賦信美而非吾土兮。

坐何窮。

附子昻峴山懷古詩三聯城邑遥分楚。山川半入吴。

宋之問

使過襄陽登鳳林寺閣方輿紀要鳳林寺在峴山。

八句寺閣。

香閣臨清漢。丹梯隱翠微。林篁天際密。人世谷中違。苔石衢仙洞。蓮舟泊釣磯。

下寫使過。

山雲浮棟起。江雨入庭飛。信美雖南國。嚴程限北歸。幽尋不可再。留步惜芳菲

附之問登粤王臺詩三聯。地濕煙常起。山晴雨半來。附張說别灉湖詩次聯。千峰出浪險。萬

木杞雲深又對酒行謫巴江作。夢中城闕遠

天畔海雲深又遊洞庭湖詩三聯。江寒天一

色日静水重文

以七韻不選。

鄭愔

塞外。

塞外蕭條望征人此路賒邊聲亂朔馬秋色引胡四聯項首句寫景

笳遥嶂侵歸日長城帶晚霞斷蓬飛古戍連雁聚項征人句寫情

寒沙海暗雲無葉山春雪作花丈夫期報主萬里

獨辭家

常理

西京雜記武帝取李夫人玉簪搔頭。自此宮中搔頭皆用玉。 歡聚在冬。離別已春矣。而戍樓之征衣歸蹤仍斷。迨菡萏零落。而秋期又到。蓋經年之別。

襄陽記荀令君至人家。三日坐席猶香。 陸倕漏刻銘銅史司刻。 三輔黃圖昭陽殿。武帝後宮。 西京

古別離

代為閨人之詞兩聯溯未別時

君御狐白裘。妾居緗綺幬。粟鈿金夾膝。花錯玉搔頭。

○四句別離後景

離別生庭草。征衣斷戍樓。蠨蛸網清曙。菡萏落紅秋。

○四句別離後情。○比海教夫婿覓封。

小膽空房怯。長眉滿鏡愁。為傳兒女意。不用遠封侯。

○侯○溫○柔 我 許

王維

春日直門下省早朝

○指省中大僚得未辨

騎省直明光。雞鳴謁建章。遙聞侍中珮。暗識令君香。

○色意 ○維為給事。○

玉漏隨銅史。天書拜夕郎。旌旗映閶闔。歌吹滿

雜記武帝初修上林苑遠方獻紫葉梅紫花梅。

水經注成都縣有二江合流蜀都賦所謂帶二江之雙流者也。

昭陽官舍梅初紫宮門柳欲黃願將遲日意同與（寫○春日）

聖恩長。

曉行巴峽（蜀都賦注三峽在巴東永安縣西陵歸鄉巫也。伏別離情下寫巴峽之景伏山）

際曉投巴峽餘春憶帝京晴江一女浣朝日衆雞鳴水國舟中市山橋樹杪行登高萬井出眺迥二流明人作殊方語鶯為故國聲賴多山水趣稍解別離情。（水○趣○　此景足感○情　即帝京○　二句總○收）

附維沈十四拾遺新竹詩三聯細枝風響亂疎影月光寒通體高穩以五韻不選。附張九齡同綦毋潛月夜聞雁詩末聯。

聯翩俱不定憐爾越鄉心。

晉書佛圖澄傳急雨從西南來。

列子飲則相攜。

岑參

早秋與諸子登虢州西亭觀眺（唐地理志虢州弘農郡屬河南道。）

亭高出鳥外，客到與雲齊。樹點千家小，天圍萬嶺低。（四句承高）殘虹挂陝北，急雨過關西。（雄闊）（四句承客到）酒榼緣青壁，瓜田傍綠溪。微官何足道，愛客且相攜。唯有鄉園處，依依望不迷。（兜到觀眺結）

高適

陪竇侍御汎靈雲池（注詳本題八韻）

舞能眩目，故臨津之樹若換；歌能動物，故向晚之風益饒。〈漢陳遵傳〉每飲輒關門取客車轄投井中。

〈金剛經〉如來所說三千大千世界。

白露先時降，清川思不窮。江湖仍塞上，舟楫在軍中。舞換臨津樹，歌饒向晚風。夕陽連積水，邊色滿秋空。乘興宜投轄，邀歡莫避驄。誰憐持弱羽，猶欲伴鵷鴻。

（四句靈雲池。四句泛舟。正寫陪字。自謂。陪竇。）

李頎

宿香山寺石樓

夜宿翠微半，高樓聞暗泉。漁舟帶煙火，山磬發孤煙。衣拂松雲外，門清河漢邊。峰巒低枕席，世界接人天。靄靄花蒙霧，輝輝月映川。東林曙鶯滿，惆悵

（夜宿之景。四句極寫其高。將曙之景。宿字去路。）

五燈會元摩訶迦葉入定雞足山。

鮑照賦歸人褱之喧卑。

莊周有齊物論

陶潛桃花源記武陵人捕魚緣溪行逢桃花林中有避秦人不復出。

欲言旋

張謂

同諸公遊雲公禪寺

寺在山上

共許尋雞足誰能惜馬蹄長空淨雲雨斜日半虹霓簷下千峰轉窗前萬木低看花尋徑遠聽鳥入林迷地與喧卑隔人將物我齊不知樵客意何事武陵谿

景之清 地之高 境之幽

足上隔字作悟語言即此是桃花源地

附李白楚城韋公藏書高齋作次聯地形連海盡天影落江虛

杜甫

抱朴子儒雅而乏之治略非翼亮之才。書法熊羆武勇之士也。詩指護陵之軍。易飛侯大明八年宣太后陵有五彩雲在松下。

重經昭陵　舊唐書貞觀十年置昭陵於九嵕山。按即唐太宗陵。

草昧英雄起，謳歌歷數歸。風塵三尺劍，社稷一戎衣。（暗宋群雄）

翼亮貞文德，丕承戢武威。聖圖天廣大，宗祀日光輝。（頌文　頌武　以上頌太宗生下）

陵寢盤空曲，熊羆守翠微。（正寫昭陵）再窺松柏路，還見五雲飛。（點重經　望昔治　意時肅宗復國後）

春歸　少陵年譜代宗廣德二年春。嚴武再鎮蜀。公歸成都草堂。

苔徑臨江竹，茅簷覆地花。（草堂）別來頻甲子，歸到忽春華。（觀　點題）

倚杖看孤石，傾壺就淺沙。遠鷗浮水靜，輕燕受風斜。（四句寫景）

世路雖多梗，吾生亦有涯。此身醒復醉，乘興（四句遣意）

即爲家。

附甫上白帝城詩首章次聯。天欲今朝雨。山歸萬古春。次章次聯。江山城宛轉。棟宇客徘徊。

又宗武生日詩三四聯。詩是吾家事。人傳世上情。熟精文選理。休覓彩衣輕。 又南極詩次聯。古城疎落木。荒戍密寒雲。 又東屯月夜詩四聯。泥留虎鬭跡。月掛客愁村。 又行次古城店泛江作四聯。風蝶勤依槳。春鷗懶避船。 又千秋節有感首章四聯。湘川新涕淚。秦樹遠樓臺。次章首聯。御氣雲樓敞。含風綵仗高。

劉長卿

自道林寺西入石路至麓山寺過法崇師故居

〔方輿勝覽〕自湘西古渡登岸。夾徑喬松。諸峰疊秀。下瞰湘江。岳麓寺在山上百

傳燈錄劉宋時杯渡者不知姓名常乘木杯渡水

餘級道林寺

在岳麓下

山僧候谷口石路拂莓苔深入泉源去遥從樹杪（四句寫西、石、路、、）

回香隨青靄散鐘過白雲來野雪空齋掩山風古（四句至寺得故居）

殿開桂寒知自發松老問誰栽惆悵湘江水何人（寂寞之景）（、、慨、法、宗之、逝、）

更渡杯（、也、）

附張祜杭州天竺寺詩五聯塔明春嶺雪鐘散

暮松烟　孫逖登越州城詩三四聯曉日漁歌

滿芳春棹唱行山風吹美箭田雨潤香粳蕭

穎士越江秋曙詩三聯林數寒動蘂水氣曙連

雲祖詠家園夜坐詩三四聯月出夜方

浅水涼池更深餘風生竹樹清露薄衣襟

棲霞寺東峯尋南齊明徵君故居（南史明僧紹傳）字休

北山移文：澗户摧絕無與歸。又：抗塵容而走俗狀。

陸沈見莊子注：人中隱者，如無水而沈也。

烈。辭齊高帝之辟。住江東攝山。建棲霞寺而居之。

山人今不見山鳥自相從長嘯辭明主終身卧此（突起超逸似太白。四句寫其當日之隱）

峰泉源通石徑澗户掩塵容古墓依寒草前朝寄故居（遯。四句寫此日）

老松片雲生斷壁萬壑徧踈鐘惆悵空歸去猶疑（之蒼涼。疑尋字）

林下逢（叫轉首句）

錢起

○題玉山邨叟屋壁

谷口好泉石居人能陸沈牛羊下山小煙火隔雲（指叟。六句寫景）

深一徑入溪色數家連竹陰藏虹辭晚雨驚隼落

馮衍自論流目八紘。在林用詩有鶴在林意。以比村叟。四晧采芝歌燁燁紫芝可以療飢。

殘禽涉趣皆流目。將歸羨在林。却思黃綬事。辜負紫芝心。
以下述懷 羨其歸隱 悔已仕宦有負初心

附起陪南省諸公宴殿中李監宅詩五聯。晚鐘過竹靜。醉客出花遲。又過鳴皋隱者詩三聯。雞犬與人靜。雲霞宜地偏。又觀法駕自鳳翔回詩次聯。海晏鯨鯢盡。天旋日月來。又春夜燕任六昆季宅詩四聯。彩毫揮露色。銀燭動花陰。又長沙早春雪後詩三聯。日花浮野雪。春色染湘波。

裴度

○中書即事
八句大臣許國語中帶憂危

有意效承平。無功答聖明。灰心緣忍事。霜鬢為論曹植求通親親表葵藿之傾太陽向之者誠也。

方輿勝覽水自渝上戎瀘至蜀者謂之外江。蜀志昭烈帝葬惠陵。後漢馮異傳論功常獨屏樹下軍中號大樹將軍。蜀都賦注玉壘山在成都西北。漢書劉之為字卯金刀也。

兵道直身還在恩深命轉輕鹽梅非擬議葵藿是平生白日長懸照蒼蠅謾發聲嵩陽舊田地終使謝歸耕

言君明照終得保全以自慰也

李商隱

武侯廟古柏

成都記武侯廟前有雙大柏古峭可愛人云諸葛手植、

蜀相階前柏龍蛇捧閟宮陰成外江畔老向惠陵東大樹思馮異甘棠憶召公葉凋湘燕雨枝坼海鵬風玉壘經綸遠金刀歷數終誰將出師表一為問昭融

以上咏古柏末以武侯事感慨作收

蜀志：關羽字雲長，威震華夏。郤縠見左傳。父晟為太尉，故曰小。弟愬亦封涼國公，故曰大。晉王濬傳：為龍驤將軍。後漢班超傳：不入虎穴，焉得虎子。

杜牧

○題永崇西平王宅太尉愬院六韻（唐書李晟傳：以功封西平王。子愬，襲父蔭，有平淮西功，封涼國公，贈太尉。）

天下無雙將，關西第一雄。（通首遣頌李愬，首聯總領。）授符黃石老，學劍白猿翁。（材藝）矯矯雲長勇，恂恂郤縠風。（氣概）家呼小太尉，國號大涼公。（爵秩）半夜龍驤去，中原虎穴空。（謂雪夜入蔡，吳元濟就擒。愬已歿，而題其院，故并美其子。）隴山兵十萬，嗣子握彫弓。

附盧綸從軍行三聯：覆陣烏鳶起，燒山草木明。

吴融

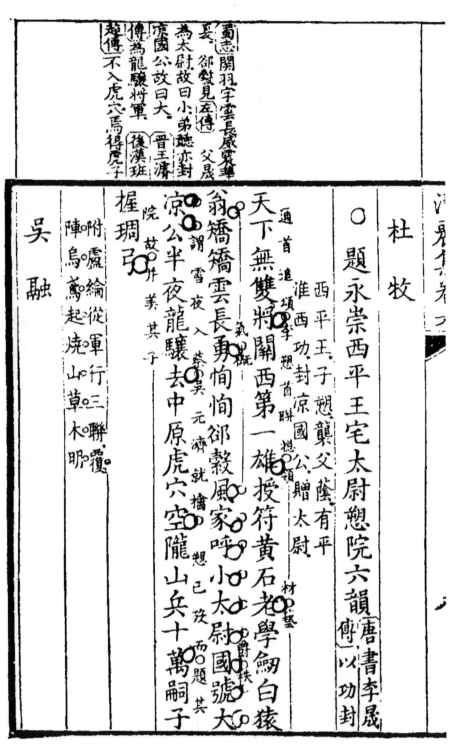

名山記王屋山有小有清虛之洞。

漢鼂錯傳欲立威者始于折膠。注秋風至膠可折匈

○花村六韻

四句敘題

地勝非離郭，花深故號村。已憐梁雪重，仍愧楚雲繁。

四句寫景就其地言

山逈當窗靜，泉高入夢喧。依稀小有洞，邂逅武陵源。

四句就玩此景者言

月娟嬋移座，風輕蕈開門。流鶯更多思，百囀待黃昏。

附許渾途中題峽山寺詩四聯。山風寒殿磬，溪雨夜船燈。

駱賓王八韻以下

○宿溫城望軍營（一統志）溫城即溫池城，屬靈州。

四句言虜入柝警，因立軍營以禦之。原題法

虜地寒膠折，邊城夜柝聞。兵符關帝闕，天策動將

奴以弓弩可用而出軍。
北史王昕傳被龍文之劍。
家語子路曰由願得赤
羽若日白羽若月
晉顧榮傳攻陳敏揮以羽
扇其衆潰散

軍。塞靜胡笳徹沙明楚練分風旗翻翼影霜劍轉 下接寫軍營皆望中所見
龍。文白羽搖如月青山斷若雲煙疎疑卷幔塵滅 兩聯尤得望字神理
似銷氛投筆懷班業臨戎想顧勳還應雪漢恥持 末思立功是望時之情
此報明君

附李嶠軍師凱旋自邕州順流舟中詩中四聯
岸迴帆影疾風逆鼓聲遲萍葉沾蘭槳林花拂
桂旗弓鳴蒼隼落劍動白猿悲芳樹吟羌管幽
篁入楚詞沈佺期塞北詩三四聯冰壯飛狐
冷霜濃候雁哀將軍
朝授鉞戰士夜啣枚

宋之問

早發始興江口至虛氏邨作一統志始興江亦名曲江在廣

莊子鵬翼若垂天之雲．
史記明目之珠藏于蚌中．
江淹賦龍鬖青氣之絪緼
注東方青氣主春．本草
圖經桄榔生嶺南山谷．斫
其靶有麵．
首向也、史記北首燕路．

東韶州府．
候曉踰閩嶠乘春望越臺宿雲鵬際落殘月蚌中。。。寫。早。字。奇。警。。。。
。開薛荔搖青氣桄榔翳碧苔桂香多露浥石響細 六句江行。所見皆南中。景。
泉囬抱葉元猿嘯御花翡翠來南中雖可悅北思 。。。束上。領
下—。言髮變心灰。絕意仕進亟。思北歸也蓋。謫
日悠哉鬒髮俄成素丹心已作灰何當首歸路行
宦時作。
剪故園萊

附張九齡自始興谿夜上赴嶺詩三四聯．日落
青巖際。溪行綠篠邊。去。舟。乘。月。後。歸。鳥。息。人。前。
又候使石頭驛樓詩次聯．遠。林。天。翠。合。前。浦。
張說岳州西城詩六聯．汀葭變秋色。
日。華。浮。
津。樹。入。
寒。煙。

淩借用淩陰字去聲。
十洲記崐崘山金臺玉闕。
元氣之所合也。
白孔六帖南蠻有珠如雞
卵日中以艸藉珠輒火出
鮑照佛影頌金光絕見玉
毫遺覿。

李白

秋日登揚州西靈塔

○長○律○入○手○須○如○此○高○起○ ○八○句○須○寶○塔○

寶塔淩蒼蒼。登攀覽四荒。頂高元氣合。標出海雲長。萬象分空界。三天接畫梁。水搖金剎影。日動火珠光。鳥拂瓊簾度。霞連繡栱張。目隨征路斷。心逐去帆揚。露浩梧楸白。霜催橘柚黃。玉毫如可見。於此照迷方。

六句項登○攀

鳥拂三聯調複。附宋之問遊稱心寺詩二三聯。江鳴潮未落。林曉日初懸。寶葉交香雨。金沙吐細泉。孫逖立秋日題安昌寺詩三四聯。天路雲虹近。人寰氣象遙。山圍伯禹廟。江落伍胥

左傳：敢不封植此樹

瀟

鄭審

奉使巡檢兩京路種果樹事畢入秦因詠歌

聖德周天壤韶華滿帝畿九重承渙汗千里樹芳菲陜塞餘陰薄關河舊色微發生和氣動封植衆心歸春露條應弱秋霜果定肥影移行子蓋香撲使臣衣入徑迷馳道分鑣接禁闈何當扈仙蹕攀折奉恩輝

（點題。穩。恒。）
（言未種時作開二句合題）
（下寓既種後之利）
（望帝巡行於此也）

高適

人幽猶言人聽
易繫詞或默或語

陪竇侍御靈雲南亭宴詩得雷字

原序　凉州近胡。高下其池亭。蓋以耀蕃落也。幕府董師雄勇。經踐戎庭。自陽關而西。猶枕席矣。軍中無事。君子飲食宴樂。宜哉。

遊南亭直起

人幽宜眺聽目極喜亭臺風景知愁遣關山憶夢迴祇言殊語默何意忝遊陪連唱波瀾動冥搜物象開新秋歸遠樹殘雨擁輕雷簾外長天盡尊前獨鳥來常吟塞下曲多謝幕中才河漢徒相望嘉期安在哉

與竇殊遊開　默陪合　六句正眺聽所宜

言已雖在塞下而乏將才。時當七夕。借牛女以比君臣遇合

柳宗元

上林賦 肸蠁布寫

韋使君黃溪祈雨見名從行至祠下口號 [方輿紀要]黃溪在永州府城東。柳子厚第永中山水，此爲勝。

緑○起 四句曉行○徃祈 寫旱○景 ○四○句○祈○雨○正○面 說其○致雨

驕陽愆歲事，良牧念甾畬。列騎低殘月，鳴笳度碧虚。稍窮樵客路，遥駐野人居。谷口寒流淨，叢祠古木踈。焚香秋霧濕，奠玉曉光初。肸蠁巫言報，精誠禮物餘。惠風仍偃草，靈雨會隨車。俟罪非真吏，翻慚奉簡書。

戎 昱

涇州觀元戎出師 [唐地理志]涇州保定郡，上。本安定郡，至德元載更名。

周禮鼓人以金鐃和鼓。

長揚賦木擁槍壘。轅門見周禮掌舍注。黄度五官解所謂兵車之會今稱將幕為轅門本此。

屬關內道。（點題）

寒日征西將，蕭蕭萬馬叢。吹笳覆樓雪，祝纛滿旗（下寫其軍容頂其奏）

（續）風。遮虜黃雲斷，燒羌白草空。金鐃肅天外，玉帳靜

霜中。朔野長城閉，河源舊路通。衛青師自老，魏絳（照古人以尊題）

賞何功。槍壘依沙迥，轅門壓塞雄。燕然如可勒，萬（插入自己醒）

（親字意）里願從公。

常　袞

詠冬瑰花

（鶴鸞俱指花）獨鶴寄烟霜，雙鸞思晚芳。舊陰依謝宅，（位置）新艷出蕭

墻蝶散揺輕露鶯銜入夕陽雨朝勝濯錦風夜劇
焚香麗日千層豔孤霞一片光窗來鷰葉少動處
覺枝長布影期幽賞留春到遠方嘗聞贈瓊玖叨
和愧升堂

烘托　色　香
又寫色澤四句姿致
映切應是和人之作

羊士諤

巴南郡齋雨中偶看長歷是日小雪有懷昔
年朝謁因成八韻

四句敘題

東落朝雲候王正小雪辰緬懷朝紫陌曾是灑朱
輪氣耿簪裾肅風嚴刻漏頻暗飛金馬仗寒舞玉

八句昔年小雪時朝謁

西昇經上清白闕丹城蕋珠宮。水經注崐崘之山三級二曰懸圃亦名閬風

晉書孟嘉爲桓溫參軍九日遊龍山風吹帽落嘉不

京塵多角隨中憲龍池列近臣蕋珠凝瑞彩懸圃淨華茵帝澤千箱慶天顏萬物春明廷猶咫尺高詠愧巴人

孟浩然 以下十韻

盧明府九日峴山宴袁使君張郎中崔員外

一統志峴首山襄陽府城南山

宇宙誰開闢江山此鬱盤登臨今古用風俗歲時觀地理荆州分天涯楚塞寬百城今刺史華省舊郎官共美重陽節俱懷落帽歡酒邀彭澤載琴輟

之覺〔續晉陽秋〕陶潛九日無酒。王宏送之。〔晉羊祜傳〕每風景必造峴山。置酒言詠。

〔蓮花經〕地平如掌。琉璃所成。〔高僧傳〕佛調入石穴虎窟中宿。

府

武城彈獻壽先浮菊尋幽或藉蘭煙虹鋪藻翰松竹桂衣冠叔子神如在山公興未闌傳聞騎馬醉還向習池看

兆韓峴山 仍以宴結

附浩然過吳張二子檀溪別業詩八聯。梅花殘臘日。物色半春天。 杜審言度石門山詩七聯江。潋連驟雨。日氣抱殘虹。

王維

○遊感化寺〔舊唐書〕感化寺在藍田縣。

言寺之勝

翡翠香烟合琉璃寶地平龍宮連棟宇虎穴傍檐楹谷靜唯松響山深無鳥聲瓊峰當戶拆金澗透

寺之幽 寺之遊 山水之勝

雜寶藏經迦尸國有五百
雁爲羣。時雁王名曰賴
吒。西域記有仙人與麋
鹿隨飲感生女子。惟脚似
鹿。足履處皆成蓮花。
嚴經頭陀翻曰抖擻。
摩詰經我昔於貧里行乞。維
法華經道師於險道中。
化作一城。疲極之衆前入
大城生安穩想。傳燈錄
禪家無生。離生禪想。

林明。郢路雲端迥。秦川雨外晴。雁王銜果獻。鹿女（眺望之遠　象敎之神）
踏花行。抖擻辭貧里。歸依宿化城。繞籬生野蕨。空（以下言已之依歸）
館發山櫻。香飯青菰米。嘉蔬綠筍莖。誓陪清梵末。
端坐學無生。
附維遊悟真寺詩五聯。草色搖霞際。松敲迥月。
孫逖登稱心寺詩四聯。岩空迷禹跡。海靜
邊望餘秦。

杜甫

奉觀嚴鄭公廳事岷山沲江畫圖十韻得忘字。
沲水流中座。岷山到北堂。白波吹粉壁。青嶂插雕（五見作真境此老杜題畫法）

荊州記：雁塞北接梁州，其間東西嶺屬天無際。爾雅：蜺，雌虹也。漢五行志：天大雨，虹下飲井水。晉書：謝安放情邱壑。

梁直訝杉松冷，兼疑菱荇香。雪雲虛點綴，沙草得微茫。嶺雁隨毫末，川蜺飲練光。霏紅洲蘂亂，拂黛石羅長。暗谷非關雨，丹楓不爲霜。秋城元圃外，景物洞庭旁。繪事功殊絕，幽襟興激昂。從來謝太傅，邱壑道難忘。

以下山水分寫，畫意在隱躍間。比例束住，仍未露畫，至此點畫，醒奉觀。歸重鄭公。拍山水結。

劉長卿

謫居于越亭作　長卿爲吳仲孺誣奏，貶南巴尉。

天南愁望絕，亭上柳條新。落日獨歸鳥，孤舟何處人。生涯投越徼，世業陷胡塵。杳杳鍾陵暮，悠悠鄱

歸望已絕，惟見亭柳。物猶有托，人乃無歸。八句正寫謫居。

天地仁謂君恩

拾遺記帝以文車迎薛靈芸前有雜寶為龍鳳銜百子鈴和鳴於野

老親在長安以屈原自比

水春秦臺悲白首楚澤怨青蘋草色迷征路鶯鷇

謫居之由　傷而不怨風

傍逐臣獨醒翻引笑直道不容身得罪風霜苦全

人之自　以安分結

生天地仁青山數行淚滄海一窮鱗牢落機心盡

惟憐鷗鳥親

司空曙

和耿拾遺元日觀早朝【唐百官志】拾遺屬門下省

四句入朝切早

元日爭朝闕奔流若會溟路塵和薄霧騎火接低

六句朝字正面

星門響雙魚鑰車搖百子鈴冕旒當翠殿幢戟滿

彤庭積歲方編瑞乘春即省刑大官陳禹玉司歷

左傳 臣侍君宴過三爵非禮也。

晉天文志 句陳星王者法之設環列。

枍詣殿名見西都賦。

月令 祠于高禖注求嗣之祭。 天文志 太白金精角

獻尭蓂壽酒○四句朝罷○三觴退簫韶九奏停○太陽開物象沛

澤及生靈○補寫○早南陌高山碧東方曉氣青○和詩意——自憐楊子賤

歸草太元經○

李商隐

謝往桂林至形庭竊詠 唐地理志 嶺南道桂州桂林郡。 本傳 鄭

亞薦察桂州請為觀察判官。

此朝堂謝恩之作 十六○句 早朝景象○

○辰象森羅正○向陳翊衛寛魚龍排百戲○劍佩儼千

官城禁將開晚宮深欲曙難月輪移杉詣仙露下

○欄干共賀高禖應將陳壽酒歡金星壓芒角銀漢

握則兵起〔注〕角芒角也。〔水經注〕東海山有大桃樹屈盤數千里。〔漢書〕宣帝行幸甘泉呼韓邪單于來朝。

轉波瀾王母來空闊羲和生屈盤鳳凰傳詔旨獬廌冠朝端造化中台座威風上將壇甘泉猶望幸早晚冠呼韓

（四句謂鄭亞以御史中丞出使。時党項未服。故以服遠頌結）

附許渾登蒜山觀發軍詩六七八聯。低星連寶劍殘月讓雕弓浪曉戈鋋裏山晴鼓角中。甲開魚照水旗擧虎挐風

許棠

題甘露寺〔圖畫見聞志〕李德裕鎮浙西。於潤州建功德佛宇。曰甘露寺。

丹檻拂丹霄人寰下瞰遙何年增造化萬古出塵囂地勢盤三楚江聲換幾朝滿欄皆異藥到頂盡

（四句形勢之高。襟控之雄。結構之殊）

枚乘七發徒觀水力之所到則卹然足以駭矣。

舊唐書太宗方四歲有書生見之曰龍鳳之姿天日之表。國策秦虎狼之國也。莊子以天屬謂父子也。登樓賦假高衢而騁力。

飛橋○○澤廣方雲夢(瞰眺○○之遠)山孤數沃焦○○中霄霞始散(時景○○之異)經臘

木稀凋○○鐸動(毀高插天○○)天風度○○窗明海氣消○○(窗開臨海○○)聲敲來逈堞水(所○聞)

力辨驚潮○○鳥去隨葭菼(所○見)帆來映沆瀣○○浮生自多事○○

無計免迴鑣○○(謂不能留○○)

杜甫　以下十二韻

行次昭陵

(○○隨○煬○○李○密○竇○建○德○輩○○○太○宗○○比○隋○於○)

舊俗疲庸主群雄問獨夫讖歸龍鳳質威定虎狼(○秦　高祖禪○位○從○龍○之○盛○復○旦○)

都天屬尊堯典神功協禹謨風雲隨絕足日月繼(○之○休　稽古○右文○聽言○造)

高衢文物多師古朝廷半老儒直詞寧戮辱賢路

漢書宣帝賜霍光玉衣梓宮。錢箋鋏馬英華作石馬。安祿山事蹟潼關之戰我軍既敗賊將崔乾祐領白旗引左右馳突見黃旗軍與戰遂敗昭陵奏是日靈宮前石人馬皆汗流。

劉向別錄燕有谷寒不生五穀鄒衍吹律而溫氣至堪黍今謂之黍谷。

南史任昉與江革書文房之職總卿昆季。禮記注

不崎嶇徃者災猶降蒼生喘未蘇指麾安率土盪

士一一〇、言、天寶之〇亂同於隨末〇安得指麾盪〇滌

滌撫洪鑪壯士悲陵邑幽人拜昴湖玉衣晨自舉

之庶祖〇烈復振乎所〇以壯士幽人〇常〇異〇神〇靈〇陟〇

〇降〇以〇殺〇賊〇定亂也末寫〇行次之景見〇中興無日

石馬汗常趨松柏瞻虛殿塵沙立暝途寂寥開國

〇徒有緬開國〇以悼悵而已

日流恨滿山隅

顧況

樂府

下皆寫宸〇遊

暖谷春光至宸遊近甸縈雲隨天仗轉風入御簾

輕翠蓋浮佳氣朱樓倚太清朝臣冠劒退宮女管

絃迎細草承雕輦繁花入幔城文房開聖藻武衛

二九八

兵革。君之武衛。
周語考中聲而量之以制。
注中和之聲。

道藏道君處大元都。周
禮守祧掌守先王先公之廟
祧注遷主所藏曰祧。神
仙傳老子生而能言指李

宵天營玉醴隨觴至銅壺逐漏行五星含土德萬
姓徹中聲親祀先崇典躬推示勸耕國風新正樂（春郊遊歷爲耕耤也至此點清）
農器近銷兵道德關河固刑章日月明野人同鳥
獸率舞感昇平

杜甫　以下十四韻

冬日洛城北謁玄元皇帝廟原注廟在北邙山。有吳道子畫
五聖圖。（四句總冒）
配極玄都閟憑高禁籞長守祧嚴具禮掌節鎮非（四句廟制之盛）
常碧瓦初寒外金莖一氣旁山河扶繡戶日月近

樹為姓。〔唐會要〕開元時。
勑升老子為列傳首。居伯
夷上。〔封演聞見記〕明皇
親注道德經。令學者習之。
天寶八載。上高祖太宗
高宗中宗睿宗謚。皆曰大
聖皇帝。〔郭知達注〕掛箏
於風際。風至則鳴。 露井。
露地之井。〔古樂府〕後園鑿
井銀作牀。〔道德經〕功成
名遂身退。天之道也。〔列仙
傳〕為柱下史。見周德衰。乃
乘青牛而去。〔老氏聖紀
圖〕河上公授漢文道德經。
帝齋戒受之。〔老子〕谷神
不死。
三梁在桂管。 西施沉江。
見〔吳越春秋逸篇〕在吳亡

○○○四句崇奉之由 ○○○開○○○○○
雕梁仙李蟠根大猗蘭奕葉光世家遺舊史道德
○合○○八句畫壁之妙 ○○○○○○○
付今王畫手看前輩吳生遠擅場森羅移地軸妙
○○○○○ ○○○○○○
絕動宮牆五聖聯龍袞千官列雁行冕旒俱秀發
○○○○○四句冬日○景 ○
旌旆盡飛揚翠柏深留景紅梨迥得霜風箏吹玉
○ ○就○元○元○咏○嘆○作○妝○ ○○言○果○不○
柱露井凍銀牀身退卑周室經傳拱漢皇谷神如
○死○方○養拙○於○無○何有之鄉豈以崇祀為榮耶
不死養拙更何鄉。

李商隱

○和孫朴韋蟾孔雀詠
通首自己○寫照首言他○鄉羈係 ○
此去三梁遠今來萬里攜西施因網得秦客被花

後此云網得未詳 秦客
蕭史也〔南方異物志〕鸚
鵡有三種一青一白一五
色 碧野雞見〔漢郊祀志〕
刮膜詳酬贈百韻 久
遠瘴氣纔得遠離或對蠻
花猶思舊事〔白帖〕趙飛
燕體輕能掌上舞〔國策〕
梁有懸黎楚有和璞 袿
音圭婦人上服〔海錄碎
事〕捍撥在琵琶面上當絃
雲葉言舊跡已遷雪泥
言當前仍幼〔紀聞〕孔雀
性妒遇好衣服則逐而啄
之

迷可在青鸚鵡非關碧野雞約眉憐翠羽刮膜想（文采之美 自歎 求）
金篦瘴氣籠飛遠蠻花向坐低輕於趙皇后貴極（知 四句品之矜貴）
楚懸黎都護憐羅幕佳人炫繡袿屏風臨燭釦捍（四句還之繁華 以上）
撥倚香臍舊思牽雲葉新愁待雪泥愛堪通夢寐（皆舊思 東上 領下 誰為神交）
畫不得端倪地錦排蒼鴈簾釘鏤白犀曙霞星斗（都成皮相 婁凉）
外凉月露盤西妒好休誇舞經寒且少啼紅樓三（僻處 以韜晦待時作者其有悔心）
十級穩穩上丹梯（乎）

杜甫 十六韻

謁先主廟〔方輿勝覽〕廟在奉節縣東六里

蜀志。亮在渭南分兵屯田。為久駐之策。耕者雜于渭濱居民之間。百姓安堵。

魏志。亮憂恚嘔血。發病卒。

後漢書。耿弇鄧禹。以中興功封侯。

漢書。運籌帷幄之中。

慘澹風雲會。乘時各有人。力侔分社稷。志屈偃經
兵聯先主。謂三分也。
綸。復漢留長策。中原仗老臣。雜耕心未已。歐血事
任用武侯為之盡瘁
酸辛。霸氣西南歇。雄圖歷數屯。錦江元過楚。劍閣
天命去蜀漢運已終。蜀遂見并
復通秦。舊俗存祠廟。空山泣鬼神。虛簷交鳥道。枯
終於晉。内聯廟
木半龍鱗。竹送清溪月。苔移玉座春。閭閻兒女換。
歌舞歲時新。絕域歸舟遠。荒城繫馬頻。如何對搖
以下因謁廟感
落。況乃久風塵。孰與關張並。功臨耿鄧親。應天才
謂今風塵未靖。孰與關張並其忠勇。而功與
不小。得士契無鄰。遲暮堪帷幄。飄零且釣緡。向來
耿鄧相親者乎。使有英主應天而出。得去相契
憂國淚。寂寞灑衣巾。
吾雖遲暮猶堪共謀。惟飄零不偶。所以灑淚耳

南史丘遲與陳伯之書魚
遊沸鼎之中。後漢書逆
魂假息非刑所加。異苑
桓謙見人長寸餘悉被鎧
持槊從埳中出掘之有斛
許大蟻死穴中。玄冕公
卿服白袍同紈衣當警蹕
預卜駕臨入旌旄喜看軍
列失險謂道路已通雲橫
言儀仗甚整空壁散濤言。

杜甫 以下二十韻

○喜聞官軍已臨賊境二十韻 唐書至德二載閏八月賊寇鳳翔王伯倫等率衆捍賊乘勝追擊賊燒營而去九月丁亥廣平王將朔方等軍及回紇西域之衆十五萬發鳳翔壬寅至長安城西

四句點題領通篇大意

胡騎潛京縣官軍擁賊壕鼎魚猶假息穴蟻欲何
逃 八句中擁賊壕

帳殿羅玄冕轅門照白袍秦山當警蹕漢苑入
旌旄路失羊腸險雲橫雉尾高五原空壁壘八水
四句申假息何逃 引下

散風濤今日看天意遊魂貸爾曹乞降那更得尚
詐莫徒勞 八句鋪張軍勢

元帥歸龍種司空握豹韜前軍蘇武節

賊衆將潰也。元帥，指廣平。司徒，指子儀。前軍李嗣業，左將僕固懷恩。

沃蕩滌其穢也。〔唐地理志〕居延海北有花門山。〔唐西域傳〕安西即康居，其勇健者曰柘羯。

左將呂虔刀。兵氣回飛鳥，威毅沒巨鰲。戈鋋開雪色，弓矢向秋毫。天步艱方盡，時和運更遭。四句言其必克。誰云遺毒螫，已是沃腥臊。睿想丹墀近，神行羽衛牢。此言聖情遙暢，羽衛森羅，即日及止矣。花門騰絕漠，柘羯渡臨洮。此輩感恩至，羸俘何足操。試觀回紇、安西，皆來助順，賊何足平。鋒先衣染血，騎突劒吹毛。喜覺都城動，悲憐子女號。家家賣釵釧，只待獻香醪。言樂迎師意。

劉禹錫

〇奉和中書崔舍人八月十五日夜翫月二十韻

謝莊賦月以陰靈。淮南子日薄虞淵是爲黃昏。晉天文志天圓如倚蓋。淮南子月御曰望舒亦曰纖阿。爾雅四時和謂之玉燭。注道光照也。王筠燈㷊詩百花耀九枝

暮景中秋爽（點明秋月）陰靈既望圓（先寫月）浮精離碧海（之升）分照接虞淵迥見孤輪出高從倚蓋旋二儀含皎澈萬象共澄鮮整御當西陸（次寫月之行）舒光麗上元從星變風雨順日助陶甄遠近同時望（二十句寫影先虛後寔先正賦後襯托）晶瑩此夜偏運行調玉燭潔白應金天（俱有次第）曲沿疑瑤鏡（句劣）通衢若象筵逢人盡冰雪遐景即神仙引素吞銀漢凝清洗綠煙臯禽警露下鄰杵思風前水是還珠浦山成種玉田劍沉三尺影燈罷九枝然象外形無迹寰中影自遷稍當雲闕正（又引下段）來映斗城懸（以下美其原唱）靜對揮華翰閑臨襞彩牋境

晉袁宏傳謝尚鎮牛渚秋夜乘月泛江會宏在舫中尚即迎與談論　語林王子猷雪中訪戴安道造門而反曰乘興而來興盡而反何必見安道耶　謝莊賦沈吟齊章殷勤陳篇抽毫進牘以命仲宣　晉左思傳三都賦成人競傳寫洛陽為之紙貴

荆州記巫山有神女峰　寰宇記歸州巴東有王昭

同牛渚上宿在鳳池邊興掩尋安道詞勝命仲宣

從今紙貴後不復詠陳篇

杜甫　四十二韻

大歷三年春白帝城放船出瞿塘峽久居夔府將適江陵漂泊有詩　感懷身世已龍末二段

老向巴人裏今辭楚塞隅入舟翻不樂解纜獨長吁窄轉深啼狖虛隨亂浴鳧石苔凌几杖空翠撲肌膚疊壁排霜劒奔泉濺水珠杳冥藤上下濃淡樹榮枯神女峰娟妙昭君宅有無曲留明怨惜夢

此段舟行峽中之景

分項上聯景中

君宅。

一統志 鹿角狼頭虎鬚三灘在夷陵州最險。

謝眺詩 餘霞散成綺。海賦 天明鑣轡於金樞之穴。注 月沒處也。物理小識 水馬一名蝦扒蟲。登樓賦 北彌陶牧。注 陶鄉名，郭外曰牧。杜臆 宜都在夷陵去江陵二百五十里。肅宗以江陵為南都。

寫情

盡失歡娛擺闔盤渦沸歘斜激浪輸風雷纏地脈

此段下峽經險之景　盤渦　激浪　成語巧合

冰雪曜天衢鹿角真走險狼頭似跋胡惡灘寧變

猶任也

色高臥負微軀書史全傾撓裝囊半壓濡生涯臨

此段出峽平曠之景　水

臬兀死地脫斯須不有平川決焉知眾壑趨乾坤

汪洋　景娟淨　晴光採漾

霾漲海雨露洗春蕪鷗鳥牽絲颺驪龍濯錦紆落

遠色模糊　以上平川四句又平川中洲渚

霞沉綠綺殘月壞金樞泥筍苞初荻沙茸出小蒲

東平川　東洲渚

雁兒爭水馬鸑子逐檣烏絕島容煙霧環洲納曉

將近江陵　先屆夔陵

晡前聞辨陶牧轉盼拂宜都縣郭南畿好津亭北

江陵自好雖望闕

望孤勞心依憇息朗詠劃昭蘇意遣樂還笑衰迷

懷思亦且憩息此間以抒拂鬱　此段歷述

故曰內織。津亭江津口亭也。〔賈誼賦〕天地為爐。

灩澦堆在峽中。滄浪。即漢水東流為滄浪也。

〔歷代名畫記〕江陵天皇寺內有張僧繇畫盧舍那佛。及孔子十哲像。〔吳越春秋〕歐冶作劍。名湛盧。

〔索隱史記注〕雲氣車書青東以甲乙。〔王勃碑文〕華蓋西臨。藏五雲於太甲。〔朱注〕太甲。或出緯書。未可強解。

泊之○情首四句以○混俗任運領○下——四句昔○年——

賢與愚飄蕭將素髮汨沒聽洪鑪卬蹬曾忘返文

之自命○○○○○○○○——四句後來○

章敢自誣此生遭聖代誰分哭窮途卧疾淹為客

之落魄——○為拾遺疏救○房琯事——○——四句

蒙恩早厠儒廷争酬造化樸直乞江湖灩澦險相

首前出峽之○故——○——○——四句

廹滄浪深可逾浮名尋已已嬾計卻區區喜近天

用○隅聯對落到○將適江陵——○——○此段

皇寺先披古畫圖應經帝子渚同泣舜蒼梧朝士

所以○祇到江陵不○即北歸之故○——○甲

兼戎服君王按湛盧旌頭初俶擾鶉首麗泥塗甲

士志得○——儒生道消○○○君○子○當○肅○然○遠○引○○

卒身雖貴書生道固殊出塵皆野鶴歷塊匪轅駒

純臣難致○——悍帥難馴○○帝○拜○渺○天○際○惟○若○鵰○

伊呂終難降韓彭不易呼五雲高太甲六月曠摶

○之南徙而已○——○——恐仍○不得安

扶迴首黎元病争權將帥誅山林託疲苶未必免

崎嶇。居

清麗集卷六　終

吳郡許翼周鐫

ISBN 978-7-5010-6363-5
9 787501 063635 >
定價：120.00圓